平岡敏夫詩集・目次

装幀・菊地信義

詩篇

詩集〈愛情〉から

丘

うねうねとただひたむきに
はいのぼる小道。
ほのかな期待を
かろやかなわらじにのせて
くまざさをいたわりつつ
のぼりきし丘。

静かな澄んだやさしい海が
赤い灯台をそっと抱いて
私一人を待っていた。

遠い四国の山々には
みんな母のほゝえみ。
まばらなむじゃきな丘の小松たち。

私一人をのせて
落ちついている丘には
とおりすがりの白雲が
静かにほほえんでみていた。

（一九四七）

丘（改作）

うねうねと小道がはいのぼる。
笹ゆりがひとつだけ咲いている。
わらじの感触は赤土と木の根に。
ほのかな期待は丘にたどりつく。

赤い羽節《はぶし》灯台は上りと下りの船を分ける。
石切り場の崖下でナメソ*の深い吐息がする。
塩飽の島々の向こうには四国の山なみ。
生きて還った少年兵がだれもいない丘に立っている。

（二〇〇三）

＊スナメリ。イルカの一種だが頭部はまるく、一、二頭で
行動する。

浮標の鐘

塩飽というこれら小島の群れにはさまれて
朝も夕べも漂う浮標は
ごぉん　ごぉんとむせてなく。
四方から瀬戸に流れこむ潮たちに
しっとりと抱かれては
ごぉん　ごぉんとむせてなく。

小島の浜の松林に深い夕霧が訪れると
悲しい浮標の魂のひびきは
ごぉんごぉんとむせて行く。
古びた社《やしろ》の人気《ひとけ》ない松の梢を
しみいるようにさまよいながら
ごぉん　ごぉんとむせて行く。

（一九四八）

Don't loiter　旧所沢飛行場にて

ガソリンの匂いは昔も同じ
まきちらす砂ぼこりも同じ
だが
それをまきちらし
けたてていった奴
それは違う。
そいつ
小憎らしいジープ
吸いこまれた青いゲイト
鉄兜
青い目玉ら
肩に下がったカービン銃の
整列。

むかし
老桜の並木のアーケード
そのはて
一望三里の飛行場
拡がる
果てしなく
かげろう
ひばりの巣
草の中。

どすぐろい戦車置き場
そいつ
それは日本最古の老朽飛行場のなれのはて
けばけばしい青い柵
巡回するのっぽ
肩にかけた銃のひかり
祖国の土
太い外国製のタイヤの刻印

立札ぶったてる――「日本人はうろうろするな」。
むかし
砂ぼこりの黄色い服
不吉な赤い襟章
それはやつれた日本兵。
青い目玉
青い服
ずっと背の高い奴
それはとってかわった侵略者。
豊かな武蔵野
黒い土
丘。

とげのある鉄条
張りめぐらし
コンクリート
みさかいなく
青くぬりたて

立札
ところかまわず
ぶったてる
Don't loiter!
Don't loiter!

（一九五二）

（『愛情』一九五四年私家、底本は『塩飽』二〇〇三年鳥影社刊）

詩集〈塩飽 *Shiwaku*〉から

序詩

海越えて少年行きし雲の峯

この島で生れ育った
幾多の少年少女は、
志を立てて、
四国あるいは本州へと、
海を越えて行った。
雲の峯のような
大きな夢を抱いて。
夏が来れば、つねに雲の峯は、
海のかなたに輝くだろう、
永遠の希望のように。

卒業式の夢

ラジオ深夜便はいきなり報じた。
　香川県丸亀市の沖合十キロの小島、
　人口五百人の広島でフェリー上の卒業式、
　三年ぶりに小・中一名ずつの卒業生、
　全児童・生徒五名、三十人の島人出席。

甲板の上、海を越える女生徒の答辞の紙は、
浦風にひるがえり、うるむ瞳には、
羽節《はぶし》岩の赤い灯台が映っていただろう。
それっきりラジオは沈黙した。
――卒業式の夢。

昭和十七年春、広島国民学校初等科第一回卒業式。
六年生三十名を代表して答辞を述べる夢。
教室二つを打ち抜いた式場の
石垣の下にはイナの群が泳いでいた。
――卒業式の夢。

昭和二十年春、琵琶湖の水温《ぬる》む練兵場。
卒業する八百名の航空生徒を待つ特攻の夢。
進み出て銀色に光る時計を受ける五名の夢。
塩飽の師からの葉書の真ん中には✿印が押してあった。
――卒業式の夢。

昭和六十二年春、広島小学校創立百年。
母も四人の姉も弟妹も卒業した江ノ浦の夢。
全卒業生を代表して祝辞を述べる夢。
あのフェリーの波止場から出征して二度と島へ還るこ
　とのなかった
幾多の卒業生も、今日ここに出席しています。

――今はたったひとりの卒業生の夢。

帰省

昭和十九年夏、軍帽を真深にかぶり、
プロペラ肩章の制服に帯剣した航空生徒。
巡航船堀越丸が釜ノ越の波止場に近づく。
はやる心で舳《へさき》に立ち、真先に飛び降りる。
「やあ、帰ったんな」
船大工のおじさんに直属上官の停止敬礼をする。

教室二つを打ち抜いた会場で、
軍帽を庇《ひさし》を手前にして机の右前に置き、
四カ月の学校生活を人前で始めて語る。
　五時半起床、着衣、寝台の毛布畳み、点呼へ、
　この間《かん》、起床ラッパは聞こえないのであります。
　午前、学科――普通学・軍事学。午後、術科――体
　　操・教練・グライダー……

昭和二十年春、『反省日誌』に記す。
　一、我等ハ陛下ノ股肱タリ、
　一、即特別攻撃隊生徒ナリ、
　一、以テ昭和の小楠公タラン、
平成十五年春、こう記したKは死んだ。
祖母だけが待つ松山に帰省した夏の日は、末期《まつご》に蘇って
　いたか。

Kよ。
戦後五十八年目の集中治療室がよかったか。
特攻機の狭い単座がよかったか。
選択の余地などなかった十四歳の
そこだけが妙に明かるい夏の帰省。
Kよ。おれはまだほんの少し生きるらしい。

夏の日の夕暮れ

夏の日の夕暮れに、
波止場の先端《はな》で横笛を吹く。
あーおーいーつーきーよーのーはーまーべーにはー

「帰ったんな」——かすかな声、ほの白い顔。
だれもいない波止場の先端《はな》。
引き揚げられた少女の両眼を縁《ふち》どる夜光虫の青い輝き。
　おーやをーさーがーしてーなーくとーりのー
さきに墜ちた弟はどこへ行ったのだろう。

波止場の先端《はな》から光るものが飛ぶ。
　なーみのーくにーからーうーまれーでるー
海面をかすって家並みをめざす赤い人魂《ひとだま》。

波止場の先端《はな》で横笛を吹く。
　つーきよーのーくーにへーきーえてーゆくー
夏の日の遠い夕暮れ。

塩飽の船影

『江戸参府紀行』にシーボルトは記す。

我等は白石 *Siraisi* に向け、ついで
塩飽島 *Siwakusima* に向けたり。塩飽は七ツあれば
通常は七島と称《とな》ふ。手島・牛島・高見島・
本島・与島・櫃石島《ひついしじま》・広島之を塩飽の七島とす。
（下関より室《むろ》へ）

そこに塩飽 *Siwaku* と云ふ甚だ快き小村あり。
そこの人家は建方よく尽《ことごと》く瓦にて覆ひ、
村の稍《やや》富むを表したり。こゝに船舶を修繕するに
便利なる場所あり。下関と大阪との間なる
最も都合よきものなり。そは浜の広き場所を
海より切り離して、六尺厚の花崗岩にて
重壁を築きて之を譲り、水高きときは、
最大船舶も特別の水門より乗入るべく、
退潮には、海水を全く乾き去りて、
精細に船を検査するを得るなり。
余等の行きたる時、丁度多数の船舶の艤装中なりしが、
其中数隻は繞《めぐ》りて置きたる藁火《わらび》にて、
有害の船虫を除かんとしてありけり。
（大阪より長崎への帰路）

シーボルトの頬に映える船タデの炎。
黒い船体の吃水線下《きっすいせんか》の赤い船腹の底に、
藁や蓼草《たでくさ》の炎が走り、船渠《ドック》に煙がたなびく。

秀吉、家康、家光の御朱印状を、保管する塩飽勤番所。
塩飽七島千二百五十石《こく》を領地する人名《にんみょう》
六百五十人の自治するところ。
咸臨丸のクルーの大半を出した塩飽水軍の伝統。

塩飽広島江ノ浦湾に碇泊する黒い帆船の影。
船尾で燃す石炭の黒煙と赤い炎。
日中戦争のはじまった小学二年生の秋の夕暮れ。

父の名刺

引き出しの奥に一枚残った父の名刺、
「庭石採取販売業」。

山を歩いて石を採る。
採取の時は忠兵衛爺さんがやってくる。

噴霧器で墨汁をかけて苔のつきを速め、
手水鉢《ちょうずばち》を正確な円型に彫り込み、
角をまるめて飛び石をいくつも作る。
履脱《くつぬ》ぎ（石）は低く横長で美しい。

塩飽広島は花崗岩の島。
石切り場は山容を変え、
爆破や山崩れは命を奪う。
庭石採取販売は爆破も崩れもない。

安芸《あき》広島から讃岐《さぬき》広島へ来た父。
祖先の侍が参勤交代の折斬られた話など、
ふいごを押す子供らへのものがたり。
真赤に灼けた鑿《のみ》の尖《さき》を浸す、湧きあがる湯けむり。

大東亜戦争がはじまった。
庭石採取販売は、庭師の往来も減り、
母が十円札何枚かを神棚にあげる日も減り、
息子の中学入学と下宿探しもむずかしい。

戦後はもっとひどかった。
庭作りよりも田作りで、
父は復員した息子と開墾し、藷を植えた。
丸亀に進学した息子は、その後を知らない。

父が死んで四十年。
石切り場にはシャベルカー、ダンプが入り、
息子らは町からフェリーで通い、島は老人だけとなり、
庭石採取販売業は消えたらしい。

父が死んで四十年。
村会議員の名刺はないが、
一枚残った名刺――「庭石採取販売業」。
蹲踞《つくばい》と化灯籠《ばけどうろう》――庭に残った父の作品。

少年鼓手浜田謹吾

君は十五歳で戊辰《ぼしん》戦争に参加した。
肥前《ひぜん》大村藩士三百余名と長崎から、
英船ヒーロン号で秋田船川港《ふなかわこう》に上陸した。
少年鼓手として奥羽諸藩と戦った。

長崎で撮った写真の君は大刀を立て、
口を結んで凜々《りり》しかった。
駐屯した角館《かくのだて》の広場で、
軍太鼓の練習をする君は人気者だった。

隊長と共に先頭に立ち、
洋太鼓を打ち鳴らす君は、
刈和野《かりわの》で眉間《みけん》を打ち貫かれて戦死した。
衿元《えりもと》に縫い込んであった血染めの母の歌。

明治元年八月十五日の東北秋田。
「ふた葉より手くれ水くれ待つ花の

君がみために咲けやこのとき」
君は死んで母の待つ九州の大村へ還った。
昭和二十年八月十五日の東北盛岡。
君と同じ十五歳の少年兵だった私。
「君がみために」に咲いて散るはずだった。
私は生きて母の待つ四国の塩飽へ還った。

K班長の葉書

昭和十九年十一月三日付、父宛の葉書。
レイテ湾上に於ける万朶《ばんだ》、神風、富嶽の
各特別攻撃隊の出撃は誠に荘厳、涙なしでは……
御子息敏夫殿には之等先輩に続かんものと
日々軍務に精励致しておりますれば……

編成替にて……卒業時迄は是非とも御世話致し度いと、
念願致して居りましたが、何とも致し方なく心残り

……
それでも同じ教育隊内で有りますれば、
何かと面倒見る所存で居りますれば、
呉々も御心配なき様願ひ上げます。

楠公切手三銭、検閲済、私信の葉書。
六カ月共に暮らした生徒らを思い、
生徒らの父母を思い、
K班長は十九枚、明治節に書いたのだろう。
平成十四年十一月二日、K班長は逝った。

昭和十九年四月、K軍曹と出会った。
総員十九名、第四班の班長だった。
眉太く、眼光鋭く、しかし温容だった。
十四歳の少年には、かなりの大人と映ったが、
二十五歳の若者だった。

下士官候補者試験合格者、優秀な軍人だった。
中国戦線から助教として着校したのだった。

「しゃがむ前に両腕をひろげて位置確認……」

　夜間の厠《かわや》使用法を机上で自演した。

サイパン玉砕のころでも藁半紙一枚の班内文集を出した。


几帳面と筆マメは戦後も同じだった。

手紙の発信と返信のリストを作っていた。

四班会を結成し、会報に毎号三本は書いた。

死んだ会員の家族への音信も忘れなかった。

死の直前まで会報原稿のワープロに向かっていた。

会報「長等山」33号の追悼特集に溢れる悲嘆。
先に逝った会員の妻たちの哀惜のこころ。
郷里福島から朝鮮で鉄道員、現役兵、曹長まで軍学校助
　教をつとめた。
どこにもいそうでいそうにない教育者、日本人。
戦中に書かれた一枚の葉書が残った。

母のメモリー

母は明治二十九年の生まれだった。
息子を産んだ時は三十四歳だった。
二人の男児を失っていた。
父が刺身を食べさせたからと漏らしていた。
戸籍では三男、実質長男への期待は大きかった。
校長の娘や女先生の息子との競争だった。
母は参観日でもないのに教室へやって来た。
紋付の羽織に白足袋をはいて一人後に立った。
ちゃぶ台を片づけて息子の背中越しに、
手に手を添えて習字の筆をぐっと引いた。
朝飯前に畑へ行き、暗くなって帰って来た。
いつも大きな荷を背負っていた。
体は非常に白かった。
行書の字は達者だった。
浜の店で立ったまま葉書をすらすら書くのに子供らが驚
　いた。
寮や下宿に来た母の手紙の一束は、どこへ行ったのだろ

う。
国防婦人会の支部長だった。
竹槍訓練は先頭だった。
行進は手と足が同時に同方向に動いていた。
息子が陸軍に志願して行ってしまったあとの気持ちは聞
　かなかった。
戦後は何も言わなかった。
働きづめの畑仕事で関節を痛めた。
腹具合も悪くなった。
息子の下宿に来た母を医院へ連れて行った。
暗いレントゲン室、上半身裸で母はふるえて息子に取り
　すがった。
「胃癌です。大きくなっている。あと三カ月……」
何も知らぬ母と医院を出た息子は真っ暗だった。
岡山医大で手術した。摘出した癌は崩れた八重椿のよう
　だった。
母は退院して、近くに嫁いだ三番目の娘のところへも、
ふたたび海を眺めながらそろそろ歩いて行った。
母は二日二晩眠りつづけて息が止まった。

塩飽広島釜ノ越に生まれ、そこで一生を終った。
祖先は何代も続いた塩飽の船持ち、船乗りだった。
息子が大学を出て母の望んだ教師になって二年目だった。
せめてそれだけが親孝行だった。
母の死をうたった詩を教室の壁にはり出した。
生徒が共感してくれた——その詩はどこへ行ったのだろ
う。
母が死んだ年の春、息子は大学院へ進んだ。
それ以後の息子の五十年を母は知らない。
思い出のなかの母は色白く、やや小ぶとりで、いつも
　かなしそうな顔をしている。

（『塩飽 *Shiwaku*』二〇〇三年鳥影社刊）

詩集〈浜辺のうた〉全篇

浜辺のうた

――夕べ浜辺をもとおれば
昔の人ぞしのばるる――
(「浜辺の歌」)

サーカスの子

夕べ浜辺をゆく小鳥老人。
もじゃもじゃ頭には小鳥らが巣を作り、
小鳥らは囀り舞いながら老人と遠ざかる。
小鳥老人を眼で追う浜辺の少女と少年。
少年の記憶は、窓から見えた大きな丸い塔だけ。
サーカスに連れ去られた幼児は、
それがニコライ堂とは知らなんだ。
少年は東京・お茶の水に帰れたか。
父と母は生きていたか。
「少女倶楽部」の遠い浜辺の物語。

子を喚《よ》ぶ母の声

夕暮れの浜辺で兵隊ごっこ。
弾むボールを手で打って、「ベースボール」。
外れたボールが引き潮に浮かんで行く。
　としおおお――
　つよしいい――
夕暮れの浜辺には、
子を喚ぶ母の声が交叉する。
夕暮れの浜辺には、
子供を海に引き込む真赤なエンコが近づく。
子取り婆さん、隠し婆さん、子取り尼。
血取り、油取り、サーカスに取られる――
子を喚ぶ母の必死の声。
今はどこにも聞こえない、子を喚ぶ母の声。

浜辺言葉

浜辺《はまべ》。
海辺《うみべ》。
水際《みずぎわ》。
海際《うみぎわ》。
浜方《はまかた》。
浜面《はまおもて》。

渚《なぎさ》。
汀《みぎわ》。
浜藻《はまも》。
浜屋《はまや》。
浜元《はまもと》。
浜葛《はまかずら》。

浜菅《はますげ》。
浜薔薇《はまなす》。
浜豌豆《はまえんどう》。

浜荻《はまおぎ》。
浜木綿《はまゆう》。
浜撫子《はまなでしこ》。

浜輪《はまわ》。
浦輪《うらわ》。
浜寺《はまでら》。
浜松《はままつ》。
浜名湖《はまなこ》。
浜離宮《はまりきゅう》。

浜風《はまかぜ》。
浜唄《はまうた》。
浜千鳥《はまちどり》。
浜路《はまじ》。
浜道《はまみち》。
浜街道《はまかいどう》。

記憶

まぶしくひろがる初夏の浜辺。
まんなかに立つ一本松はもうすぐだ。
根元をめざすが、とうとう出てきてしまった。
すべり出てゆく太さの快感。
ズボンにひっかかった固形物の感触。
健康な匂いが漂う。
どうしても家でしたかった一年坊主。
一本松までもたなかった。
だれもいないひろい浜辺。
立ちつくす一年坊主。
引き潮の浜辺の遠い遠い記憶。

浜辺のうた Ⅰ

失われたものは
帰ってこない。
消えたものは
蘇ってこない。

あした　さまよう
浜辺はない。
ゆうべ　もとおる
浜辺はない。

松原遠く消えて、
白帆も干網もない。
寄る波　岸になく、
浦風軽く吹く沙《いさご》もない。
息を止められた浜辺は、
もう、うたえない。

見よ、浜辺の消えた場所を。
見よ、浜辺を埋め立てた農地用地の荒涼たるさまを。
浜辺をヘドロの海に変え、浜辺の廃墟に聳え立つものを。
浜辺のうたは浜辺を悼むうた。

浜辺を消したものを許せないうた。
浜辺を忘れず、元の浜辺に取り戻すうた。

浜辺のうた Ⅱ

残された浜辺。
見捨てられた浜辺。
廃家ばかりの島の浜辺。
浜辺を歩く人影はない。
遠浅のつづく浜辺。
寄せては返す澄んだ波。
砂フグの子らが戯れる。

引き潮の浜辺を歩く。
鍬の柄で波あと残る砂地を突く。
ぽっかり矩形の穴が浮かぶ。
塩ひとつかみ、とび出すマテ貝。
松根を燃やしながら夜の浅瀬を歩く。

松明に寄るテナガダコをつかみ、チヌを刺す。
子供のころのタコも貝も今はいない浜辺。

人影の絶えた浜辺。
あの家もこの家も廃家の浜辺。
過疎化著しい浦の浜辺。
児童三人という浜辺の小学校。
子供らで溢れていた浜辺。
親子兄弟姉妹で溢れていた磯辺。
だれの籠にも溢れていたアサリも今はいない浜辺。

撃ちてし止まむ

浜辺に遊ぶ子供ら集めた辰つぁん。
岡山の親戚からこの春中学校に入ったばかり。
「撃ちてし止まむ」を知っとるか。
「撃ちてし止まむ」を知っとるだけでは、
陸幼には受からんぞ。

辰つぁんは大声で暗誦する。
　みづみづし久米の子らが垣もとに、
　植えしはじかみ口ひびく、
　われは忘れじ、撃ちてし止まむ。
どうだ、辰つぁんは子供らを見まわす。

辰つぁんは陸幼に入らず、駅員となり、
養子に入って、五十過ぎに死んだそうだ。
辰つぁんの暗誦を聞いたひとりは、
陸幼に受かったと島中の評判になったそうだ。
珍しく憲兵が調査にきたからだった。
夕暮れの浜辺に立つ昔の少年。
瀬戸大橋は遠くにかすみ、
浜辺の兵隊ごっこの子供らも、
眼の前を行き交った駆逐艦も、
夕暮れに子らを喚《よ》んだ母も、いない。

浜千鳥

火箸を焼いて竹に穴を開け、
横笛を作ったものだった。
そんな自家製の竹笛で、
よく吹いたのは「浜千鳥」。
青い月夜の浜辺には、親を探して鳴く鳥の――

横笛が町で買えるようになってから、
帰省のたびに波止場の突端でよく吹いた。
隣のおばさん、「よく吹けるようになったのう」
中也ばりに作った「夏の日の夕暮れ」に、「浜千鳥」を
　取り込んだ。
よーるなーくとーりのーかーなしーさは――

干潟には千鳥のあしあとかすかに、
ほそいゆびさきのちどりあしのかたち、
高く低く、低く高く、翔んでゆく。
ちんちんちどりの鳴くこえが近くなり遠くなり――

お—やを—た—ず—ねて　うみ—こ—えて——

隣のおばさんは入院寝たきり、家は廃家。
横笛もなくなり、千鳥も聞かない。
浜千鳥はどこを翔んでいるのか。
月夜の国へ消えて行ったのか。
銀のつばさの浜千鳥。

浜辺のアソシエーション

陸でもない
海でもない
陸と海のはざま——浜辺。
昼でもない
夜でもない
昼と夜のはざま——夕暮れ。
浜辺の夕暮れ。
菜の花や鯨も寄らず海暮れぬ（蕪村）

潮かをる北の浜辺の
砂山のかの浜薔薇《なす》よ
今年も咲けるや（啄木）
潮《うしお》湧く瀬戸の浜辺の
砂原のかの浜木綿《ゆう》よ
今年も咲けるや。

七里が浜。
九十九里浜。
元寇の博多の浜。
ノルマンディーの浜。
「地上最大の作戦」
湾岸戦争。
浜辺の国日本。
稲妻や浪もて結へる秋津嶋（蕪村）

浜辺のない国アフガン、イラク——
浜辺は海辺、海辺は浜辺。

陸から見ればcoast。
海から見ればshore。
アメリカもイギリスも日本も、
沿岸警備隊《コースト・ガード》だけでよい。

海辺ばかりの日本。
浜辺が消えてゆく日本。
紀伊水道から豊後水道から入り込む、
潮が湧き合う塩飽《しわく》の浜辺。
藻草拾いつつ消えて行く黒い影、
蹌踉《そうろう》と夕暮れの浜辺をゆく母のおもかげ。

「我は海の子」考

我は海の子白波の
さわぐ磯辺の松原に。
浜辺と磯辺。
「浜辺の歌」「磯辺の歌」。

千里寄せくる海の気を
吸いて童となりにけり。
童は少年。
寄する波よ返す波よ、は少女。
幾年《いくとせ》ここに鍛えたる
鉄より堅きかいなあり。
鉄腕、赤銅色《しゃくどういろ》の青年。
朝夕浜辺をさまよう女人。
いで軍艦に乗り組みて
我は護らん海の国。
夕べ浜辺をもとおれば、
昔の人ぞしのばるる。
軍艦は消えたか。
磯辺と浜辺
「我は海の子」
「私は浜辺の子」。

浜辺のバラード

婿を迎えに夕暮れの浜辺の道を、
村一番の美しい花嫁がゆく。
旧家の門前に行列はとまり、
やがて新郎新婦うち連れて旧家に帰る。
提灯に映えるその華やかさ、晴れがましさは、
島中の語り草になったそうだ。

瀬戸内海測量中の英国軍艦で、
死んだ士官が浜辺に葬られた。
「英国士官レキの墓」
学校の行き帰り、ぴょこんとおじぎをしたもんだ。
建立は幕末のこの浦の庄屋、名字帯刀。
花嫁はその子孫だったそうだ。

花嫁が女学生だったころ、
若い教師が下宿した。
中学出の眉目秀麗、純情な若者だった。
出征のとき、波止場で見送る女学生に、
「無事帰還したときは……」と心迫って言い残したが、
教師は南方から帰ってこなんだそうだ。

あれから茫茫六十年。
子供のときにちらと見た、
柳眉明眸皓歯は措《お》くとして、
「伝説」の人と話す機会があった。
戦死した若い教師が蘇った。
墓は、英国士官の近くの浜辺にあるそうだ。

浜辺と海

浜辺に立って海を見る。
海が眼から体に入ってくる。
隔てるもの、海。
よそよそしいもの、海。
浜辺を侵すもの、海。

海を母と呼んだ詩人がいた。
母ｍｅｒｅのなかに海ｍｅｒがあるが、
海のなかに母は連れ去られている。
浜辺から立たねばならぬ。
海は越えねばならぬ。

海は深く、暗い。
人間を引き込む海。
海を越えても越えても海。
海越えて少年行きし雲の峰。
少年は征《い》ったか、逝《い》ったか。

体中の穴から入り込む海。
海の底深く沈んでいるのに、
浮かんでいると思わせる海。
浜辺と海のアンビヴァレンツ。
海をみつめて浜辺に立ちつくす。

アイルランドの浜辺

生えそめた吾子《あこ》の白い歯に、
アイルランドの浜辺の墓を思い浮かべた詩人がいた。
今、ひとり立つアイルランド・ダブリンの浜辺。
遠くひろがる先は霧にとけこみ、
ダン・ラレール港からイギリス・ホリヘッドの岬をめざす、
船の汽笛が消えてゆく。

ジョイス生誕地の石碑があった。
シドニイ・パレード駅から浜辺への途中で。
岬にぼんやり見えてくる古い砲台。
浜辺から登って行けばジョイス・タワーだった。
すぐ下は岩の多い磯辺、澄んだ海。
アイルランドで思うアイルランドの浜辺の墓。
「かのシングが涙ぐみつつよぎりし」という浜辺の墓。

浜辺ありけり

浜辺ありけり。
磯道のつづくありけり。
満ち潮に水漬《みづ》く道なり。
足首を濡らす道なり。
赤い郵便自転車のしぶく道なり。
少女を追い越す少年の心ときめく道なり。

浜辺に小蟹らの穴つづくありけり。
白砂を穴にさらさら流すありけり。
白砂をたよりに蟹を掘り当つるなり。
蟹裂きて麦藁刺して、しゃぼん玉を飛ばすなり。
しゃぼん玉の向こうに灯台ありけり。
灯台を束《つか》の間《ま》隠して伊号潜水艦過ぎ行けり。

浜辺ありけり。
遠浅のつづく浜なり。
浜砂に車海老の跳ねてありけり。
浦々に寄る巡航船ありけり。
時化《しけ》の中、受験生を運ぶなりけり。
少女らの別れに汽笛鳴らすありけり。

浜辺ありけり。
浜辺には千鳥ありけり。
浜辺に突っ込む舟艇ありけり。
兵士らの軍靴に蟹の穴潰えたり。
復員の少年兵のたどる道なり。
船もなく、人影もなき浜辺なりけり。

浜辺啾啾

浜辺。
浜辺どころではない。
浜辺をつぶせ。
浜辺を埋め立てろ。
埋め立てた浜辺の上に、

コンビナートを建設せよ。
原発を五基作れ。
無数の煙突を突っ立てろ。
煙突から絶えず白いガスを吐き出せ。
煙突から赤い炎を四六時中絶やすな。
地球温暖化どころではない。

私企業が私企業の利益のために、
日本全国の浜辺をつぶす権利がある。
国は、電力会社は、「国家の利益」のために、
浜辺の埋め立てを、躊躇なく実行したのだ。
白砂青松のあの浜辺が日本全国から消え、
魚が、カキが、海苔が死に絶えるのも「国家の利益」だ。
浜辺どころではない。
浜辺をつぶせ。
浜辺の廃墟の上にコンビナートの凱歌。
浜辺の壊滅が人間壊滅、地球壊滅になるなど、
たわけた誇張だ、女々しい詩人の感傷だ。

浜辺。
日本全国、いな、世界的規模で浜辺は消えて行ったのだ。
風雨激しいコンビナートの夜半、
赤い火は燃え、白いガスは地をさまよう。
永遠に元の浜辺に戻れない浜辺の亡霊がうめく、すすり
泣く。
痛いよう、重いよう——
白砂を返せ。澄んだ海を返せ。
人工干潟などではない、ほんものの浜辺を返せ。
浜辺の上に被さっているすべてを剝がせ。
引き剝がしてくれよう、元の浜辺に戻りたいよう。
浜辺啾啾。

塩飽のうた

浜辺の墓

浜辺の墓原の父と母、
土葬だから銘々墓、離れ離れに立っている。
昨秋逝った義兄の墓。

明和五年（一七六八）以来の戒名が並ぶ。
蕪村が対岸の丸亀に来たころだ。
母の遠い実家だ。
その七代目の義兄は、
「塩飽広島出身の中井初次郎は、榎本武揚と同等だった。」
帰省のたびに義兄と塩飽の話ばかりした。
咸臨丸、朝陽丸、開陽丸――塩飽の水主《かこ》の物語。
塩飽の話はもう出来ない。

となりに尖った、高い、四角錐の軍人墓。
陸軍歩兵軍曹勲八等功七級。
中華民国長沙に死す。
ああ、毛沢東の学んだ省都だな。
工兵で中支に戦傷の義兄は生還し、
戦死した歩兵軍曹の墓のつづきは彼の実家跡。
今は鋤かれて浜辺一面の諸畠。
初夏には昼顔に似た花が、浜風に揺れているだろう。

童子地蔵

カーバイトが二つ青白く燃えている。
倒された炭俵から投げ出された炭が真赤に燃えている。
仰向けの男の子の上にまたがり、
先生は必死に人工呼吸を続けている。
男の子の瞼に入り込んだ夜光虫が青く光る。
満ち潮の突堤のすぐ下に浮かんでいたのだ。
子供の冷たい体は、熱くなることなく、
号泣する母親に抱き取られた。

山近くの池で、
弟が滑り落ち、姉が飛び込んで、
人気ない池に姉と弟が浮かんでいた。
田圃に蛍が飛んでいたが、
一年坊主の眼には、人魂のようで怖かった。
父母はふたりの童子を刻んだ地蔵を建てた。
池は藪の繁りで見えなくなり、波止場はすっかり改修された。

子らの父母はとっくに逝き、小さい地蔵はもうわからない。

火の玉

二股橇の間に首を入れて、
担いで登る石出し道。
目の前を火の玉が横切った。
すぐ山を下り帰ったら、電報がきた。
尾道の父親が死んだのだ。

肝玉の太いやつがいて、
火の玉の落ちたあたりを探したら、
泡のようなものがあったという。
塩飽の人は死ぬまでに三度は火の玉を見るという。
私は二度見たきりだ、塩飽から遠く離れて。

中井初次郎

石巻・桃浦の浜辺に、
幕府軍艦開陽丸から、遺体をのせたボートが着く。
慶応四年冬十月。
洞仙寺の奥深く、葬られた一士官。
艦長榎本武揚筆か、墓三面に刻む文字。
函館への途次、颶風に檣折れ帆裂けて、
艦上、中井初次郎、力を奮って衆を鼓し、
徹宵して折浜に達し、艦上に倒れる。
「讃州塩飽広島産、資性謹慤歴事数船、
　服勤多年、擢為艄公（船長）、公許帯剣称姓」
数多の開陽丸物語に中井初次郎の名は今にない。
郷里塩飽広島地福寺門前に顕彰碑を建てた義兄も今はない。

ある母子

浜辺の隠居所を借りて女先生は、
息子と国民学校へ通っていた。
品のいいすらりとした先生で、
夫は戦死か出征か、どちらかだった。
醤油がわりにすぐ前の海水を汲んでいた。
浜辺伝いに通っていたあの母子は、戦後どうしたろう。
夫は帰って来たのだろうか。
町に帰った少年は、旧制中学校に進学しただろう。
母親とずっと一緒に暮らしただろう。
話した記憶もないのに浜辺をゆく母子の姿をふと思い出
　す。
隠居所の廃家の前で。

海辺の水上機

海辺に水上機が着水した。
二つのフロートがやっと浮く浅瀬まで来た。
島人たちは何事かと群がった。
こんなことは一度もなかった塩飽の島。

集まった人のなかにおやじもいた。
数人ずつ何回か乗せるという。
飛行機に乗った人はいない。
金は高いが、めったにあることっちゃない。

おやじはなぜか弟だけを呼び寄せて、
島の上空を一周した。
浜辺で小学生のおれは見上げていた。
水上機は三度着水して飛び去った。

下駄ばき水上機が宙返りもできるとは、
九七戦が隼《はやぶさ》にかわったころに知ったこと。
弟だけを乗せたわけは知らぬが、おれはいつのまにか、
水上機でない陸軍の飛行学校に入ってた。

故郷の廃家

浜辺に下りる途中に一軒家があった。
大師のおっさんが住んでいた。
すぐ怒るのでこどもらは、からかって喜んだ。
ある日並んで畑に小便したが、
おまえらのは勢いがあるのう、と呟いた。
排尿の力衰えて、大師のおっさんおもいだす。
なぜ大師のおっさんと言ったかは知らなんだ。
大師のおっさんが死んだあと、夫婦が入り、
夫婦が死んだあと、廃家となった。
何年かぶりに帰省して横を通ったが、廃家だった。

どこもかしこも廃家だった。
まず庭が竹藪になり、屋内に侵入し、
床を突き破り、竹藪の座敷となり、
柱が折れて屋根が竹藪にのしかかり、
その屋根を突いて真っ直ぐに竹、竹、竹が生え、
外から門内へは入れない、凄まじい廃家。

「故郷の廃家」の犬童球溪の旧居を、
球磨《くま》川沿いの人吉《ひとよし》に訪ねたが、
これほどの廃家のイメージはどこにもなかった。
廃家に囲まれて八十三の姉は、独りで、元気だ。

山桃

山桃の踏みしだかれて
赤むらさきに道を染め、
山桃の木のありと知る。
仰げば、山桃たわわに実り、
かいな伸ばして黒きを食めば、
塩飽の島の山桃熟れて、
山桃探して駆けし日しのばゆ。
東京の山桃並木実をつけず、
汚れ厭ひて雄木を選び、
なかに一本雌木のまじり、

山桃の踏みしだかれて、
あはれなる山桃なれど、
山桃の味も香りも、
忘らえず、恋し山桃。

山桃（長歌風に）

山桃の　　踏みしだかれて、
道を染む、　赤むらさきに、
山桃の　　木のありと知る。
見上ぐれば、たわわに実り、
手を伸ばし、黒きを食めば、
塩飽なる　　山桃熟れて、
おとうとと　山桃探して
駆けし日しのばゆ。

東京の　　山桃並木
実をつけず、汚れ厭ひて、
雄木のみ　　植え込むなれど、
混じりたる　ひともと雌木、
山桃の　　踏みしだかれて、
あはれなる　山桃なれど、
味、香り　　なほ忘らえず、
恋し山桃。

櫃石島の浜辺

戦後間もなく師範を出たMさんは、
櫃石島中学校に赴任した。
塩飽七島の一つ、岡山県に一番近い小島だ。
身寄りのないMさんは、丸亀の旧兵舎の寮にいた。
軍用毛布を両肩からかぶって、
Mさんは町を闊歩していた。

今では瀬戸大橋の脚下だが、
下津井行きの巡航船で訪ねたことがある。

港や集落の反対側に中学校、生徒は十人もいたろうか。
Mさんは宿直室に住んでいた。
放課後は無人の浜辺のそばだった。
手つかずの美しい浜辺だった。

Mさんは愛用のヴァイオリンを持ち出して、
弾きながら、泣きながら、浜辺を歩いていた。
月が砂浜と海に照り渡っていた。
浜辺は白く遠くつづいていた。
何の曲だか忘れたが、
「浜千鳥」もあったようだ。

今では列車で櫃石島は一瞬だ。
あんな天然自然の浜辺はもうないだろう。
Mさんは東京に出て弁護士になった。
錦糸町に法律事務所を開いている。
裁判記録を読むときなど、時に思い浮かべるだろう、
弾きながら涙した櫃石島のあの月の浜辺を。

歴史のうた

児島高徳と楠公父子

国民学校に変わる前の年、
六年生の教室の外を通った。
姉たちは「児島高徳」を合唱中だった。
「時范蠡《はんれい》無きにしも非ず」の「とおきい、はんれい」に、
教室から私を見た姉の級友に向かって、
「とお」で自分を指し、「きい」で中を指した。
「とお」は自分の呼び名、「きい」は姉の呼び名だ。
姉たちはあとで大笑いしたそうだ。
後醍醐天皇を励ます忠臣の荘重な調べに、
こんなしぐさをした五年生の自分を思い出す。

昭和十九年夏、軍用列車を下車した生徒たちは、
二列縦隊で金剛山をめざした。
襷がけの雑嚢《ざつのう》・水筒を帯剣で締めて急坂を登る。
機略で北条氏を撃退した大楠公。

生徒らには小楠公正行が身近だった。
「昭和の小楠公たれ」
「青葉繁れる桜井の」は歌わなかったが、
「吉野を出でてうち向こう、飯盛山の松風に、
なびくは雲か白旗か、ひびくは敵の鬨《とき》の声」
「四条畷《しじょうなわて》」を歌いながら、登って行ったのだった。

阿漕が浦の浜辺

昭和十九年夏、津市・阿漕《あこぎ》が浦の浜辺。
松原つづき、砂浜ひろく、遠浅の水泳場。
津高女に分宿し、遊泳演習一週間。
泳力最高の黒を申告、塩飽生まれの力を試す。
沖の飛び込み台を平泳ぎでめざす。
左右に交わす両腕と口に砕ける波の滑らかさ。
間近に迫る夏期休暇、塩飽の海につづく海。
松林には、甘いくず湯の大釜ふたつ。

戦後三十余年、阿漕が浦に来てみれば、
浜辺に溢れた人もなく、季節外れであるにせよ、
これがあの阿漕が浦の浜辺かと立ち尽くす。
ヘドロの海ではまだないけれど、護岸工事か黒々と、
松原まばらに、浜辺は意外に狭かった。
軍学校が一週間、借り切っていたからか。
十四歳の少年の眼にはひろく見えたのか。
戦中と戦後の記憶、見はるかす浜辺の記憶。

グライダー

比良山を前方に練兵場がひろがる。
プライマリーの操縦席にはじめて着く。
前に十六人、長く太いゴム綱を索《ひ》く。
二手に分かれたゴム綱は、限度いっぱい緊張する。
「用意！　放せ！」
杭に巻き付けていた後綱を生徒が放す。
股間の玉が縮み上がる。

操縦桿を両手で握り締める、引く。

機体は滑走、上昇、たちまち失速する。

ガタンと大きく、地上に落下、衝突する。

愛国婦人会号の左翼の先を壊したぞ！

体に異状はなさそうだ。

座席ベルトを外して機外に出る、駆け足で引き返す。

「H生徒、第3号機操縦、異状ナシ」

「異状ナシではない、待て」

戦後六十年、時に蘇る、あの縮み上がった感触の生命
――

N衛生兵

十九名の第四班に、
ラッパ手のT上等兵、衛生兵のN一等兵が同居した。
T上等兵は学校本部に、N一等兵は分院に。
食事と寝に帰るだけだった。
下士官待遇の生徒たちには兄貴のようなものだった。

T上等兵は快活だったが、N衛生兵は陰湿で、
なぜか私を目の敵にして、
喀痰検査を何度も強いて、
結核菌を見つけ出して、退校処分にしてやると息巻いて。
新聞記者が反省日誌を借り受けて、
舎前で撮った写真とともに記事にしたからか。
あまりの痩せで、結核になると見たからか。

ヨーチンと言われ、
入室入院のときだけ衛生兵殿と呼ばれ、
婦長にビンタを張られ、
「衛生兵が兵隊ならば蝶蝶とんぼも鳥のうち」と、
輜重兵並みに歌われ、
劣等、優越、憎悪、嫉妬、傲慢、狡猾――
人間的な、余りに人間的な、
衛生兵はどこへ行く。
敬愛するI教授は衛生兵軍曹で、
瞠目する作家Mは衛生兵上等兵。
教授・作家は人間の極みに到ったのか。

N衛生兵は戦後どこへ行ったのか。
今も目の敵にしたわけを聞きたい自分はどこに到ったのか。

対空射撃部隊

空襲警報のサイレン、
「対空射撃部隊、舎前に集合！」
九九式短小銃を提げて、たこつぼに入る。
九九式には飛行機射撃用の横尺、軽機並みに脚《きゃく》もついている。
なぜ対空射撃部隊に選ばれたのかは判らない。
前の学校の射撃大会で三十点中二十五点を取ったことを、
この中隊で知ってるはずはないだろう。
死ぬかも知れないなどとは、まったく思わなかった。
爆音が近づく。
グラマンＦ６Ｆの編隊だ。
四十五度近くの急降下だ。

凄まじい轟音と機関砲の連続発射音。
「来る！」と思った瞬間、たこつぼに縮まる。
おそるおそる顔をあげる。
左方に急上昇するジュラルミンの輝き。
パイロットの淡紅色の頬が瞬間、ゆっくり見えた。
小型爆弾の炸裂音がつづく。
たこつぼの二メートル先を機関砲が一直線に縫っていた。
空襲が解除された飛行場の舗装道路には、
尖端のひしゃげた弾丸が散乱し、大穴が開き、
血の滴りが赤黒くつづいている。
高射機関銃銃座の召集兵が撃たれたらしい。
一発も撃てなかった対空射撃部隊の十五歳の少年兵。
次の集合がかかる前に、
中隊は所沢から盛岡へ移動した。

ホロンバイル高原

「まっすぐです！　まっすぐです！」

日本語の語彙が多くないからだけじゃない。
呂先生のバスガイドは「まっすぐ」の繰り返し。
それほど内モンゴルの夏空の道はまっすぐだ。
どこまで行ってもまっすぐだ。
ハイラルからノモンハンへ行く大草原の道。
まっすぐまっすぐ五時間走っても同じ草原の中。
背の低い電柱の一列がノモンハンへとつづくばかり。
牛と羊が遠くに点在するばかり。

昭和十四年、満蒙国境ノモンハン、日ソ両軍衝突事件。
双方の将兵十六万、二つに分かれてモンゴル兵も戦った。
日本軍の戦死者一万八千人、遺骨収集も未だにままならず。

ホロンバイル高原を吹き抜け、吹き渡る風よ。
風になった兵士たちよ、星になった少年兵よ、モンゴル兵よ。
故郷への出口を今に求めてホロンバイルの空をさまよう。
劣勢の戦車に比して、九七戦はイリューシン機を撃墜千四百。

羽ばたきをやめて曠野に眠る少年飛行兵、夏は夏草、冬は雪中。
夕暮れから夜へと吹く風になり、朝まで吹き抜け、吹き渡る。

「まっすぐです！ まっすぐです！」
バスのまん中に立ち、呂教授は繰り返す。
漱石の「満韓ところどころ」を、
もっとも厳しく批判する呂先生。
戦争の真実をめざし、
呂先生もわたしらも、
ホロンバイルを吹き抜け、吹き渡る風とともに、
〈ノモンハン〉をめざす、
「まっすぐに！ まっすぐに！」

青島《チンタオ》の夏

青島駅のすぐ近く、

浜辺があった。
火車、公共汽車、混雑する駅どなりに美しい浜辺。
非番の父母と子、少年少女らの喊声。

一九一四年八月——、九十年前の夏の記憶。
ドイツ領青島要塞、日独攻防戦。
山東半島に外国軍の砲弾交錯、炸裂。
上海総領事館員予備少尉法学博士へーメリング氏の戦死。

青島の旧要塞の山々青く、
山裾のひだひだに白砂の浜辺多く、
二人の娘と行き会って歩いた浜辺への道。

入浜料三人分六元《リュウカイ》払って浜辺を行く。
渚に立つ美しい少女二人の写真はどこに行ったろう。
背景の青島の夏、美しい浜辺と海はどこに行ったろう。

秋吉台国際芸術村にて

「ポエムの虎」ゼミの小ホール。
テーマは「物語の殺し方」。
男女の対談詩人の背後いっぱいに秋吉台。
冬の青空を白雲が切って行く。

鷹一羽浮かび舞い、
もう一羽舞い出て浮かぶ。
対談は「東電ＯＬ娼婦の物語」
「イラク反戦詩のホーム・ページの物語」

鳶でも烏でもない胡麻塩羽根の二羽の鷹、
獲物への急降下ついになく、
二羽の鷹は消え去った。
秋吉台を背負った対談詩人の詩話も終わった。

物語は殺せるのだろうか。
物語は殺されていいのだろうか。

生まれ続け、うたい継がれる人々の心の内の物語。
物語を殺す詩と物語を生かす詩との尽きない物語。

ひとつのメルヘン

ポストにハガキを入れようとしたら、
ポストのそばに幼女がふたり並んでいた。
同じ背丈のおかっぱ姿、かわいいいな。
ふたりはわたしをじっとみつめて、にっこりし、
口を揃えて、「白髪のおじいちゃん」
「**――たちまち白髪のおじいさん。**」
「はいよ」とハガキをポストに入れる。
ハガキのあて名は龍宮城乙姫さま。東京・浦島太郎より。
幼女ふたりは乙姫さまのお使いだった。
この子らと連れだって龍宮城に帰ります。
「**道に行き交う人々は、名をも知らない者ばかり。**」
東京の浦島太郎も玉手箱を開けてしまったらしい。

＊太字は、童謡「浦島太郎」より

居酒屋にて

さばはしめさば、しめはじめ。
さばさばしてるよ、さっぱりと。
いかはいかが。
いかにもいいいか。
やきいか、いかさし、いかそうめん。
いくらはいくら。
いくらもしないよ。
たべたいな。
いしだい、くろだい、きんめだい。
あたいのあたりじゃぶりっこなしよ。
めばる、あいなめ、めとくちがいい。
さんま、まかじき、きす、すずき。
きすはすき。
くちとがらせてさよりをかます。

うるかはうるか、あゆはうるか。
なめそはいるか。
いるかいないか。
したなめそ、したびらめ。
せとうちのうちのせどでは、
したびらめはげた。
たまげた、げたげた。
しったかは、だめとしったか。
ままかりは、ままかりないよ。
ぎざみのあじ、あじがいいからあじきざみ、
がざみはがざがざいきがいい。
いいだこはいい、いいがいい。
さけよりさかな、さかなのうまさかな。

＊なめそ　イルカの一種。頭部はまるく、二、三頭で行動する。
＊しったか　巻貝の一種。瀬戸内ではダメともいう。
＊ぎざみ　ベラ。青や赤の縦縞模様の美しい魚。ギゾー。
＊がざみ　ワタリガニの一種。

再会

早目に帰ろうとしてKに会った。
大勢に囲まれていてわからなかったらしい。
「元気じゃないか、若くなったな。」
しわもしみもない顔で、前よりも肉付きよく、
握手の手も柔らかく、暖かった。
Kは昨年春、七十三歳で死去している。
それを知っているだけに、再会はうれしかった。
昭和四十三年春、戦後はじめての石山寺での同期会、
お互い三十八歳、Kはその時のままだった。

あれ以来、Kはいつも出席していたらしい。
たまに出てもKとは必ず会う機会があるということだ。
「君の心には、だれよりも深く少飛魂がしみ込んでいる」
もうひとりのKが書いたハガキを宝物だと言っていたそうだ。
そのもうひとりのKとも出口の電話の前で会った。
「Kが元気で出席していたことを奥さんに知らせようと

思うんだ。
どんなに喜ぶことか」、松山の電話番号を探しているうちに、
眼が覚めた。
眼が覚めたとき、声を出して泣いていたらしい。

遠賀川《おんがかわ》

飯塚を訪ねようとして直方に途中下車。
石炭記念館、見学者はだれもいない。
絵か写真か、半裸体の女坑夫の群像。
立ち並ぶ古い炭住の光景。
少女の林芙美子が多賀神社から眺めた黒ずんだ直方の街。
夫を亡くして直方から大阪に出た長姉はどこに住んでいただろう。
飯塚にわずかに残るボタ山は樹木繁り、
清張短編の小児が見た火の山の記憶も遠く、
炭住に残るは老人ばかり、老女がひとり戸口に立つ。

少年のMさんは飯塚のどこに住んでいただろう。
「高給取りの住宅」風景も記念館で見た。
同じ恩師の後輩だと新宿の酒場で紹介し、
A人物事典にも書き込んでくれたMさんはすでに亡く、
Mさんの通った県立嘉穂中学校の跡に立つ。
Mさんをこよなく愛した美人の若い奥さんも飯塚だ。
近くに水害から復興した古い嘉穂劇場。
遠賀川は、直方を流れ、飯塚を流れる。
全共闘の学生に対峙した文学部長のMさんは、
ほっそりした身体に川筋の気性をひめていたらしい。

こうもりの舞う夕暮れ

「こうもりを見に行こう」

「うん、行こう」、五歳のけいちゃん、

「おにいちゃんも行こう」、五年生のだいごくんを誘う。

三年生のはるなちゃんはあまり気乗りしないようだ。

三人で家を出た。

八成公園に来てみると、まだ明るかったが、
もう子供らはいなかった。

「おじいちゃん、飛んでいないね」

「ゆうべ、帰りには飛んでいたんだよ」

けやきの梢の先に眼を凝らす。


「こうもりの顔見たことあるかい」

「こうもりは鳥じゃないんだよね」とおにいちゃん。

「こうもりの顔はねずみによく似ているよ」

「今日は飛ばないのかな」

「もう帰ろうよ」とけいちゃん。


その時だった。

葉桜の間から黒いものがひとつ浮いてきた。

「こうもりだ!」

二人の子供はいっせいに「飛んでる、飛んでる」

またひとつ、またひとつ、「こっちにも」「あっちにも」。

「おじいちゃんの子供のころは、下駄やぞうりをほうり上げると、
こうもりは急降下してきたもんだ」
「やってみよう」、けいちゃんがサンダルを空へほうり上げる。
と、こうもりはさっと急降下してきたのだ。
空にはもういくつものこうもりがひらひら舞っていた。
夕暮れは色濃くなっていた。
「もう帰ろうよ」、何かが迫ってきたらしかった。
いちばん小さいけいちゃんが、いちばん強く感じているな。
子供らの心には、こうもりの舞う夕暮れは残るだろう。
瀬戸内の島で見た夕暮れに舞うこうもりが、今も舞っているのだから。

ある歴史

洗面器でメリケン粉を溶き、
電熱器にかけて糊を作り、
バケツに入れて再軍備反対のビラを貼りに出る。
二人で夕暮れの電信柱に貼ってゆく。

Oさんが見知らぬ学生と通りかかる。
角帽の下の詰襟にはEの徽章、経済学部。
ダンスパーティに行くという。
Oさんはぼくの恋人。

E学生はOさんの友人のTさんの恋人、
Tさんはあとからくるという。
「行ってらっしゃい！」
遠ざかる二人に糊刷毛の手を振って。

ビラ貼るぼくらは、
酒も飲まず、煙草ものまず、
学食以外の食堂ものぞかず、
喫茶店にも、ダンスパーティにも行かず。

Oさんとぼくは、卒業間もなく結婚し、
Tさんは別な先輩と結婚し、夫を見送り、
ぼくら二人は教師になって、定年まで勤めあげ、
ビラ貼りとダンスパーティの夕暮れをたまに思い出す。

全人生・生の歴史

あと五年、
あと三年、
刻々迫ってくる最後の時間、
つねに線路の上に横たわっている私の、瞬間、ｒｕｎ
　ｏｖｅｒ！
(妻や子や孫、愛してくれた僅かな人が時に思い出すだ
　ろう、)
私が一瞬に巻き戻す、私の全人生・生の歴史。

あと一時間、
あと三十分、
刻々迫ってくる最後の時間、
爆薬を身に巻き付けた少女の、瞬間、ｅｘｐｌｏｄｅｄ！
（家族も仲間も恋人も、繰り返し語るだろう、）
少女が一瞬に巻き戻す、彼女の全人生・生の歴史。

あと十秒、
あと五秒、
刻々迫ってくる最後の時間、
目隠しされて断首を待つ米兵の、瞬間、ｂｅｈｅａｄｅｄ！
（息子をイラク戦争に死なせた母親だけはけっして忘れないだろう、）
若者が一瞬に巻き戻す、彼の全人生・生の歴史。

（『浜辺のうた』二〇〇四年思潮社刊）

詩集〈明治〉から

伊勢の浜辺

伊勢若松漁港のほとり、
晩秋の広い海水浴場。
「看護婦詰所」に白い影はない。
汀に千鳥の行列、
波に向かって並び、
波が来ると一斉にとび退《の》く。
千鳥と遊ぶ狂女の影はない。

伊勢白子漁港をめざして歩く。
左一面、広く白い砂浜がつづく。
汀に千鳥の行列もつづく。
コンビナートや原発や宅地や農地の造成が、
見逃してきたのは不思議だ。
土砂やコンクリートで蔽われる日はいつか。

この世のものとは思えない美しい浜辺。

白子の港から大黒屋光太夫ら十七人は船出した。
還らぬ彼らの船出の日を命日として、
千代崎漁港近くに立つ供養墓。
カムチャッカに流され、ペテルブルグに行き、
エカテリーナ女帝に要請し、光太夫ら二人は日本に還った。
享和二年（一八〇二）、二十年ぶりに帰郷した光太夫。
還ってきた光太夫のみつめた二百年前の伊勢の浜辺。

伊勢の津、阿漕が浦の海水浴場。
十四歳の航空生徒ら二百人の遊泳演習。
あの一週間の浜辺も広かった。
日本列島全空襲にも千鳥らは翔んできていたろう。
「我等は陸軍特別攻撃隊生徒なり」（反省日誌）
敗戦を迎えた岩手山麓には浜辺はなかった。
還ってきた少年兵のみつめた六十年前の塩飽の浜辺。

天皇を創る

明治三年、明治政府は、天皇を創りました。
第三十九代弘文天皇という天皇名を、
大友皇子《おおとものみこ》に諡《おく》ったのです。
それまでは弘文天皇は存在しなかったのです。

天智天皇の皇子大友皇子は、
叔父大海人皇子《おおあまのみこ》、後の第四十代天武天皇に、
壬申《じんしん》の乱で負け、自殺しました。
明治政府は皇子を悼み、天武の前に入れました。

近江の海《み》夕波千鳥汝《な》が鳴けば、
心もしのに　いにしへ思ほゆ。
父の帝の都を偲び、皇紀二千六百年、
昭和十五年に近江神宮が造営されました。
昭和十九年春に入った大津の学校の裏林の、
弘文天皇御陵に参拝し、大友皇子を知りました。

非常呼集で起こされて、近江神宮まで駆けました。
外苑の樹木はまだ、ぼくらの背丈ほどでありました。

万世一系、男系と、近頃また賑やかになりました。
明治には天皇を新たに創ることもあったのです。
十四歳のぼくらが「志賀の都の花にほふ」と、
校歌を歌っていたころはむろん知らぬことではありました。

軍人勅諭

我が国の軍隊は世々天皇の統率し給ふ所にぞある。
それ兵馬の大権は朕《ちん》が統《す》ぶる所なれば、
その司々《つかさつかさ》を臣下には任《まか》すなれ。
朕は汝等《なんじら》軍人の大元帥なるぞ。
大元帥陛下のために何時《いつ》でも死ねると
信じて疑わなかった一年半の航空生徒の日々。

一つ軍人は忠節を尽くすを本分とすべし。
忠節を存ぜざる軍隊は事に臨みて
烏合の衆に同じたるべし。
死は鴻毛《こうもう》よりも軽《かろ》しと覚悟せよ。
「天皇陛下万歳」と残した声が忘らりょか。
「お母さん」と叫び、突っ込んで行った少年飛行兵。

一つ軍人は礼儀を正しくすべし。
上官の命は直ちに朕が命と心得よ。
上級の者は下級の者に軽侮驕傲《けいぶきょうごう》あるべからず。
慈愛専一、上下一致して王事に勤労せよ。
バッタで尾底骨が砕かれた海軍予備学生。
ビンタで鼓膜が破れたまま老いた少年兵。

一つ軍人は武勇を尚《たっと》ぶべし。
我が国の臣民たるもの武勇なくては叶ふまじ。
武勇を尚ぶ者は常に温和を第一とし、
諸人の愛敬《あいけい》を得むと心掛けよ。
特攻隊員を叱咤激励で送り出し、

直ちに戦線離脱して生き永らえたT中将。

一つ軍人は信義を重んずべし。
およそ信義を守ること常の道にはあれど、
わきて軍人は信義なくては一日も
隊伍の中に交じりてあらんこと難かるべし。
内務班長にフケ飯を食べさせる当番兵。
戦場では弾丸《たま》は後《うしろ》からも来るぞと古参兵。

一つ軍人は質素を旨とすべし。
驕奢華靡《きょうしゃかび》の風軍人の間に起こりては
士風も兵気もとみに衰えぬべきこと明《あきらか》なり。
汝等軍人ゆめこの訓戒を等閑《なおざり》にな思ひそ。
軍帽の山を高くし軍袴を大きく膨《ふく》らませて、
ナチ将校を気取っていた青年将校あわれ。

不動の姿勢

不動ノ姿勢ハ軍人基本ノ姿勢ナリ
故ニ常ニ軍人精神内ニ充溢シ
外厳粛端正ナラザルベカラズ（『歩兵操典』）
「不動の姿勢」を点検する区隊長M少尉、
「H生徒、また右肩が下がっとおる！」
急いで右肩を上げる。
「左肩が下がっとおる！」
急いで左肩を上げる。
「また右肩が下がっとおる！」

写真を見ると腰から上が捻じれている。
左腰に吊った短剣の重さのせいだけではない。
「不動ノ姿勢」をとるときに体を捻じるからだけではない。
十四歳にして右肩下がり、背骨が少し湾曲しているのだ。
十二の頃から天秤棒を右肩に前後の桶で水汲みをした。
隣とそのさきの隣との境にある井戸から水を運ぶのだ。

塩飽《しわく》の島の基層から湧き出す清冽な井戸の水！
「不動ノ姿勢」を自然にとることのなかった一年半の陸
　軍生活。
内に充溢、外厳粛端正だけではない「不動ノ姿勢」の二
　重構造。

天皇が皇帝だったころ

天佑ヲ保全シ万世一系ノ皇祚《こうそ》ヲ践《ふ》メル
大日本帝国皇帝ハ、
と、皇帝は語りはじめる、
忠実勇武ナル汝《なんじ》有衆に。
朕茲《ちんここ》ニ清国ニ対シテ戦ヲ宣ス
苟《いやしく》モ国際法ニ戻《もと》ラザル限リ
一切の手段を尽して違算なからんことを。

天祐ヲ保有シ万世一系ノ皇祚ヲ践メル
大日本国皇帝ハ、
と、皇帝は語りはじめる、
忠実勇武ナル汝有衆に。
朕茲ニ露国ニ対シテ戦ヲ宣ス
凡《およ》ソ国際条規ノ範囲ニ於テ
一切の手段を尽して違算なからんことを。

天佑ヲ保有シ万世一系ノ皇祚ヲ践メル
大日本帝国天皇ハ、
と、天皇は語りはじめる、
昭《あきらか》ニ忠実勇武ナル汝有衆に。
朕茲ニ米国及英国ニ対シテ戦ヲ宣ス
億兆一心、国民の総力を挙げて、
征戦の目的達成に違算なからんことを。

日清戦争の皇帝、日露戦争の皇帝は、
日米英戦争では天皇となり、
国際法、国際条規の言辞を削った。
明治の天皇は清国皇帝、露国皇帝に対して皇帝だった。
国際法・国際条規の遵守《じゅんしゅ》を宣戦布告に書き込んだ。

ロシアの捕虜は松山の町を歩き回って登楼した。
大連の日本兵はロシア兵に酒を買ってやって喜んだ。

真白に細き手をのべて　「婦人従軍歌」

「火筒《ほづつ》の響き遠ざかる　跡には虫も声たてず
　吹き立つ風はなまぐさく　紅《くれない》染めし草の色」
明治二十七年八月の新橋駅頭、
日本赤十字看護婦二十一名の出発。
「一滴の涙も見せず、健気《けなげ》にも戦場に向かう」
——近衛師団軍楽隊楽手菊田義清が、
感に打たれて一夜にして作った「婦人従軍歌」。

二人の姉が看護婦で、下の方は赤十字。
まるい帽子に長いスカート、濃紺の制服姿。
小学校の恩師は、村をひとまわりして来いと言った。
敗戦時は十七歳、奈良・丹波市の海軍病院にいた。
一足先に復員していた弟は、姉の持って帰った
風呂敷いっぱいの棒チョコ三本で夜も眠れず。
「健気にも戦場に向か」えなかった奈良の日赤看護婦。

「わきて凄きは敵味方　帽子飛び去り袖ちぎれ
　斃《たお》れし人のかお色は　野辺の草葉にさも似たり」
あご紐を締めていたはずの帽子が飛ぶ戦場だった。
戦死者の顔色が草葉のように青かった日清戦争。
「やがて十字の旗を立て　天幕《てんと》をさして荷《にな》い行く
　天幕に待つは日の本の　仁と愛とに富む婦人」
日清戦争では看護婦の戦場派遣はなかった。

高田馬場の居酒屋で常連だったT大医学部教授は、
我らがテーマソングだと女医や助手と歌っていた。
「味方の兵の上のみか　言も通わぬあた迄も
　いとねんごろに看護する　心の色は赤十字」
T大教授は、威張るというので嫌われていた。
「心の色は赤十字」と歌い納めるころは、
酒にもテーマソングにも自分にも酔っていた。

「真白に細き手をのべて　流るる血しお洗い去り
　まくや繃帯白妙の　衣の袖はあけに染み」
清国負傷兵を誠心看護して釈放された日本赤十字の看護員。
咎めた軍夫らは彼を慕う清国少女を凌辱、その最後の光景。
「真白く細き手の指の　のびつ、屈《かが》みつ、洩れたるを」
――
目撃、打電したロイター通信員を描いた鏡花の『海城発電』。
「やさしく白き手をのべて　林檎をわれに」と初恋にした藤村。

母の悲しみ

明治二十九年生まれの母が
まだ十歳にならぬころ、
弟の手を引いて立ちつづけた浜辺。

父母の船を待ちつづけた浜辺。
その浜辺はもうない。

牛島と本島との間から
白い点が湧いてきて、
しだいに帆掛け船になってくる。
ああ、あの船か、あの船じゃと思ううち、
次も、その次も、エンドの鼻に逸《そ》れて行く。

塩飽《しわく》広島の船乗りだった父と母、
二人で帆を操って石を運ぶ。
三本マストの洋船《ようせん》の石炭船《せきたんぶね》も風まかせ。
帰らぬ父母の船を待ちつづけた浜辺。
その浜辺はもうない。

明治のおわりには、
十六歳の塩飽娘だった母。
三人目でやっと成長した息子に語った
エンドの鼻を逸れて行く白帆の悲しみ。

記憶のなかの浜辺に立つ母の悲しみ。

肉弾

肉弾はどこへ飛んだか。
鉄の弾よりも肉の弾――精神の弾で旅順は取れた――
砲弾の力よりも肉を弾丸とし、血を硝薬として戦った
――
桜井忠温少尉は戦死者のなかに埋《うず》もれて、こう呟く。
少尉の肉弾は戦死公報と共に郷里松山に飛んだ。

肉弾はどこへ飛んだか。
また一弾、拾って見れば生暖かき榴霰弾《りゅうさんだん》の円筒――
円筒内には外套の布、上衣、襦袢の布、その下に肉と骨、
次に襦袢、上衣、外套の順――胸を貫通した人間の缶
詰！
人間の缶詰となって兵士の肉弾は後方の陣地に飛んだ。

肉弾はどこへ飛んだか。
海戦の大砲は厚さ十インチの甲鉄板を打ち砕く――
人間の胴は真二つ、首、手足は千切れ飛ぶ――
此一戦から軍縮に向かう海軍中尉水野広徳は書き記す
――
人間一人粉と砕けて一塊の肉、一片の骨もとゞめず。

うらなり

うらなりは悲しんだ――
今年は『坊つちやん』百年だというのに、
何たる無理解！
何たる作り話！
あの人の気持ちも、
山嵐と呼ばれた堀田さんのことも、
わたしの心も、
ちっとも分かっちゃいないんですね。

あの人が無神経で人騒がせな男だって？
思いつきをそのまま口にする、
思慮分別に欠けた男だとわたしが思っていたって？
小作りな男、〈五分刈り〉、と心中呼んでいたって？
とんでもない誤解です。
とんでもない悪意です。
あの人やわたしについてのこんな気持ち悪い作り話を、
褒める人が何人も出てきたのには呆れてしまいました。
『坊っちゃん』をいったい何だと思ってるんでしょう。
登場人物のわたしが言うのもちょっと変ですが、
『坊っちゃん』が生き続ける限り、わたしだって生きてます。
こんな人間だと思われっちゃあ、やりきれない思いです。
坊っちゃんと呼ばれたあの人の魅力で小説は持っているんです。
坊っちゃん脇役説など形式的にしかものを見ない人間のやり口です。
清という人を東京に残してきたあの人の思いも分かっちゃいませんね。
この世でただひとり、あの人を心から愛していた人、清さん。

清さんから貰った三円の金を、
今に帰すよと言ったぎり、帰さない。
今になっては十倍にして帰してやりたくても帰せない。
こう語ったあの人の気持ちが、今なお分かっちゃいないんです。
金を返すのに「帰す」と書いたのは間違いだと、
学校の先生のような校正者ばかり、校正者だけじゃないんです。
清さんから貰った金だから、その分身だから帰したかったんです。
清さんはあの人の菩提寺の墓の中であの人を永遠に待ち続けています。
あの人はわたしとの間に宿世《すくせ》の因縁があると言っていた。
士族屋敷で母に会い、この品格ある婦人がなつかしいと言っていた。
事情あって松山の名は出てないが、松山士族に宿世の因
縁を感じていた。
これでも元は旗本だと生徒に啖呵を切ったあの人と会津
っぽの堀田さん。
もと由緒ある清さんも旗本クラス、佐幕の松山、みんな
宿世の因縁です。
薩長明治藩閥政府に圧迫され、負けると分かっていても
佐幕派の負けじ魂。
わたしをあの人の裏也と呼ぶ女子学生もいる由ですが、
真実、表と裏。
うらなりは、「あの人」の優しさ、淋しさ、少し語って
少し心霽《は》れたらしい――

明治の精神　乃木邸見学

外枠の見学通路から夫妻の部屋は何度も覗いたが、
乃木殉死の九月十三日、公開日の見学ははじめてだ。
勝典、保典二児の麻布小学校学年ごとの修了証書の展示。
二人の部屋は一緒で、三階屋根裏、十枚の畳だけ。
戦死した二人のいないこの広い空白に耐えて生きた夫妻。
近くの青山斎場の明治天皇を追う夫妻は二児をも追った
のだ。
明治九年の萩の乱で、乃木は弟と思師を売った。
裏切りの重い大きな石は、乃木を暗く淋しい人間にした。
明治十年の西南の役で軍旗を取られた。
旅順の二百三高地で数万の兵を殺した。
『こころ』の淋しい人間は、同じ淋しい人間を見つけた
のだ。
明治天皇に殉死する明治の精神と明治の精神に殉死する
淋しい精神と。
「文化の日」に国旗を掲げるなら、「明治の精神」ともい
うべきもの、
露伴、鷗外、漱石といった巨人を生んだ、希有な時代の
精神に対して――

自死した評論家のこの言に加えるなら、彼らを動かした
　時代の陰の精神――
この世で支配的な価値観に拠らず、時代の陰を生きた明
　治の人々の精神――
乃木の殉死も『こころ』の主人公の殉死も、はっきりと
　は判らない。
乃木邸のこの蟬しぐれ、刃《やいば》を当てようとする夫妻の耳に
　聞こえていただろう。

日章旗

青空高くひるがえり、
白地は何とさわやかな、
何のしるしの紅《くれない》か、
燃ゆる正義を象《かたど》った、
尽くす忠義を象った。*
燃ゆる正義がすべてを燃した。
尽くす忠義が殺し尽くした。

げにこの御旗《みはた》の下《もと》にして、
男児《おのこ》は命捧げたり、
昨日も今日も、
明日の日も。*
げにこの旗の下にして、
果てた無数の命忘れえず。
歌ったこの歌も忘れえず。
昨日も今日も、
明日の日も。

*昭和十八年の歌「日章旗の下に」をアレンジした詞句。

シジミ汁

朝もやの琵琶湖を見下ろす旅館の座敷だった。
父と向かい合って、はじめてシジミ汁を吸った。
瀬戸内のアサリ汁とは違って日向《ひなた》くさかった。

父といっしょに校門をくぐった十四歳、昭和十九年の春。
父は衛兵所の裏の面会所で待った。
班内で体操衣を着て、体操帯を締め、体操靴を履き、体操帽を被った。
面会所の父は、鼻の穴が黒いと言った。
逢坂山トンネルの煤煙がまだ取れていなかったのだ。
白づくめの体操着で目立ったのだろう。
別れの感傷はなかった。
これからはじまる緊張に満ちた軍学校生活。
まだ戦争の気配は長等山麓、三井寺のあたりにはなかった。

父が死んで四十年、ふと思い出すシジミ汁。
はじめての子別れの、はじめてのシジミ汁だったのだ。
浜大津の、はじめて父と二人で朝を迎えた旅館は、もうない。

阿漕が浦は夢の中

伊勢は津で持つ
津は伊勢で持つ、
阿漕が浦は浜で持つ。

阿漕が浦で
遊泳演習、
空の生徒は海の中。

空の生徒は
特攻機搭乗、
敵艦目がけて弾丸《たま》の中。

伊勢は津で持つ
津は伊勢で持つ、
阿漕が浦は夢の中。

東京大空襲

東京に来たのは昭和二十年三月二十五日の朝だった。
三月十日未明の東京大空襲から二週間が経っていた。
神田、秋葉原、上野と山の手線を北上する車窓から、
見渡すかぎり平ったく続く焼け跡のなかに、
一筋の大きな川が黒々と流れているのを見た。
はじめて見る隅田川だった。

十五歳になったばかりの空色の襟章をつけた航空生徒だった。
三月十日は小学校に入った時からずっと陸軍記念日だった。
三月十日はいつも裁縫室の畳に座り、奉天大会戦の話を聞いた。
三月十日の陸軍記念日に首都大空襲を果たした米軍首脳のほくそ笑み。
三月十日はずっと陸軍記念日ではなく東京大空襲の日となった。
市民十数万を殺戮した東京大空襲は、三月十日だけではなかった。

池袋から乗り換えて所沢、日本最古の飛行場へ。
営庭の老いた桜並木が美しかった。
昼間は毎日、グラマンＦ６Ｆ、Ｐ51らの空襲だった。
夜間は、五月二十四日から二十五日の東京大空襲を忘れない。
東京上空の真赤な夜景、迎撃する夜間戦闘機飛燕の曳光弾の弾道。
Ｂ29が巨大な火の玉となってゆらゆら落ちてゆく凄惨な美貌。

あの人

菊池寛通りを横切り、
高校の正門を過ぎると、
教えられた小さい病院があった。

夕食前で、集まってくる車椅子の中に、
優しい微笑の奥さんの白い顔があった。
夜中に何人かで押しかけた時も同じ笑顔だった。

「遠いところをわざわざ――」、話は普通だった。
しかし、お見舞いの熨《の》し袋は、介助の少女が預かった。
エレベーターまで送ると言うので、少女は車椅子を押し
てきた。

「あの人はどこへ行ってるんでしょう？　なかなか来て
くれない――」
楽しく待っている口ぶりだった。
何年も前、先生の骨を奥さんと二人の箸で骨壺に納めた
のだった。

私が誰だか、おそらく分かってはいなかっただろう。
しかし、先生は、奥さんの中では死んではいない。
奥さんは、いつまでも、あの人を楽しく待ちつづけるだ
ろう。
夕暮れの街の左前方に屋島の、右後方に紫雲山《しうんざん》のシルエ
ットを感じた。
「紫雲の山はいま影ろひて、集ふ我等が意気冴《こだま》しぬ、あ
あ祖国よ――」
夕暮れの街に漂う先生の魂魄、あの人を待ちつづける奥
さんの優しい微笑。

消えぬ過去

消えぬ過去。
Undying Past.
Es war.

*

ズーデルマンの小説。
息子を死なせ、
息子を殺した、
母の消えぬ過去。
漱石の小説、
手を替え品を替え、
必ず登場する消えぬ過去。

小説なら過去は書けるのか。

書ける過去は過去じゃない。
書こうとすればペンは灼熱して溶け、
紙は燃え上がるだろう――
だからポーの小説は、日記と同じく、
書けたのだから過去じゃない。
ボヴァリイ夫人は私だ――
仮面紳士のフローベールは書けたか。
ズーデルマンも漱石もポーもフローベールも、
書けないまま過去を抱え込んで死んだのだ。
だれも書けなかった消えぬ過去。
だれも書けない消えぬ過去。

時を選ばず、
場所を選ばず、
浮上してくる過去。
言えず、
語れず、
描けず、
うめき、
微かに声をあげ、
自身の汚辱、醜悪、どす黒いもの、
死ぬしか道はないもの、
おのれ自身も摑めない消えぬ過去。

＊ズーデルマンの小説。英語の It was, 英訳名は Undying Past.『消えぬ過去』

（『明治』二〇〇六年思潮社刊）

詩集〈夕暮〉から

粟田口小景

乱れ髪を、
京島田に結い直し、
寝顔をじっと見つめる、
粟田口の朝。

二夜を、
一夜にしてうたう、
隠された一夜。
粟田口の宿。

再び夕暮れが来て、
二夜妻。
世に挑む、
柔肌の熱き血潮。

粟田口を行く
馬上の妻と武士。
微風が牟子《むし》の垂れ絹を上げ、
ちらりと見えた女菩薩の顔。

たばかれて、
縛られた夫の前で、
手込めにされる妻の、
燃えるような瞳。

薄れゆく日影と意識——
盗人の前にうっとりと顔を上げた、
見たこともない美しい妻。
妻が逃げ込んだ粟田口の藪の奥。

夕暮れの粟田口を行く、

陸軍生徒の演習帰り。
九九式短小銃の肩のあたり、
強く漂う栗の花の匂い。

年上の生徒と
朝の毛布を畳む。
毛布の上を斜めに
迸《ほとばし》っている白い線。

栗の花の匂い。
迸っている白い線。
それがやっと判った、
戦後二年目の十七歳。

武州上岡馬頭観音

武州上岡
二月十九日

馬頭観音妙安寺。
梅梢に白く、
空は晴れたり。

丈《たけ》高く白き神馬《じんめ》、
鞍に紫の布を掛けたり。
人々舎前に相集ひ、
子供らは手を差し伸べ、
神馬は舎内を一巡せり。

狭き馬場ありて、
一隅に黒き裸馬繋がれ、
子供を乗せたる仔馬巡り来れば、
後ろ脚を蹴りて、
身の不遇を怒りて止まず。

傍らに「愛馬浅岩号之墓」あり。
日支事変勃発昭和十二年八月動員令。
野重砲兵第十聯隊ニ入隊シ、

森田砲兵中尉ノ乗馬タリ。
上海敵前上陸南京総攻撃ニ参加ス。

光華門一番乗リノ殊勲ノ端緒ヲ与ヘタリ
然リト雖モ浅岩号モ亦負傷シ、
昭和十三年四月五日、南京輜重《しちょう》学校ニテ、
名誉ノ戦死ヲ遂ゲタリ。
依リテ其ノ遺髭ヲ上岡観音ニ移シ墓ヲ建ツ。

浅岩号は武州の馬ならん。
森田砲兵中尉は武州の人ならん。
鞍に紫の布描きたる栗毛の絵馬求め、
武州上岡馬頭観音を去れり。
空はかげろひたり。

羽節灯台

秋の夕暮れに燦《きら》めきはじめた羽節灯台。
島と丸亀を往復する船から何度眺めたことだろう。
塩飽水軍のころはおそらく岩礁だけだったろう。
明治に入って岩礁に無人の灯台が建つまでは、
上り下りの帆船は細心の注意を払ったことだろう。
下関方向に下る船は岩礁に向かって右側を通り、
大坂方面に上る船も岩礁に向かって右側を通る。
今も守られている規則は帆船時代からのものだろう。
島のだれもが羽節と呼んだ。

夕闇の波止場に巡航船が着くころは、
羽節は小さなシルエットになって点滅する。
石油ランプの下で家族が卓袱台《ちゃぶだい》を囲んでいるとき、
汽笛の澄んだ一声が障子を透かして響いてくる。
「汽笛一声左舷にかわす」と父が呟く。
島と羽節の狭い下り水路を左舷に追い越してゆく船影。
やがて高速汽船の大きな波が浜辺を打ちはじめる音。
羽節の岩礁はもっと大きな波を被っていることだろう。
島のだれもがそれを知らない。

冬の夕暮れの烈風のなかに煌《きら》めきはじめた羽節。
「巡航船は来るじゃろか」——浜辺に待つ受験生。
欠航なら、明朝善通寺での陸幼の試験は受けられない。
祈る心の受験生と親に吹募る冷たい風。
汽笛と共に巡航船堀越丸が大きく揺れながら、
エンドの鼻に小さな勇姿を現したときの感動、
操舵の船長の勇気、技能、責任感、今も忘れられない。
船は転覆すれすれに羽節を右舷に過ぎ、丸亀港に入った。
島のだれもが羽節がすべてを見ていることを知らない。

私は判らない

腹部大動脈の血管直径12ミリ。
苞《つぼみ》を釣った釣鐘草のように
心臓を釣った太く長い茎
腹部中央のメインストリート。

動脈硬化で大血管に瘤ができる。

その部位の直径ふつう最大は50ミリ。
私の場合は83ミリ、
大血管は大きなさつまいもを釣ったよう。

83ミリ、いつ破裂してもおかしくない。
破裂すれば大動脈の血が噴き出して、
血圧たちまち低下する、
救急車が病院に到着するころ終わりだろ。

腹部大動脈瘤に自覚症状なし。
半年前からもう一杯飲めない食べられない——
さつまいもが同じような形の胃を圧迫してたのだ。
医師は触診でさつまいもの強い脈搏をキャッチした。

さつまいも共々老朽の大血管を代えねばならぬ、
一刻も大手術は急がねばならぬ、
だが先客一杯で、三か月は待たねばならぬ、
三か月間、いつ来るか判らぬ死を待たねばならぬ。

毎日毎日、今日さつまいもが破裂するかと思ってた。
今日明日、死ぬとなれば整理も遺書も必要だろ、
毎日毎日、そう思いつつ、しかしなんにもしなかった。
毎日毎日、講義の準備、原稿、自転車、電車、居酒屋など。

私は判らない——
今日明日、死ぬかも知れないのに、なんにもしなかったこと——
毎日毎日、今日死ぬかも知れないと思った日々が
毎日毎日、空爆の飛行場の少年兵にはふつうの日々だったこと——

（『夕暮』二〇〇七年鳥影社刊）

詩集〈蒼空〉全篇

飛行機

一九一一・六・二七・TOKYO

見よ、今日も、かの蒼空に
飛行機の高く飛べるを。

給仕づとめの少年が
たまに非番の日曜日、
肺病やみの母親とたつた二人の家にゐて、
ひとりせつせとリイダアの独学をする眼の疲れ……

見よ、今日も、かの蒼空に
飛行機の高く飛べるを。

（石川啄木）

I

蒼空

蒼空の一点を
凝《じ》っとみつめていると
蒼空はさらに蒼くなる。

蒼空の一点を
凝っとみつめていると
蒼空は黒みを帯びてくる。

蒼空の一点を
凝っとみつめていると
蒼空は夜空になってしまう。

蒼空の一点を
凝っとみつめていると
蒼空は少年らの霊に満ちた闇になってしまう。

そら

くろいほどあおいそら
どこまでもひきこまれてしまうあおぞら
たましいのつながりがのぼってゆくそら

おんなのめのようにすみきったあおぞら
おんなのあしのようになめらかなそら
おんなのはだのようにあたたかいそら

たなびくしろいひげがみおろしているそら
くろいくろいまっくろなおくのおくのそら
あおぞらをかみがしずかにおりてくるそら

おれたはしごがうっすらうかんでいるそら
きれたいとがきらきらぶらさがっているそら
とっこうきがゆっくりすいこまれていったあおぞら

蒼空・飛行機

飛行機
あおぞら
あおぞら
あおぞら

アオゾラ
飛行機
アオゾラ
アオゾラ

青　空
青　空
飛行機
青　空

蒼　空
蒼　空

蒼　空
飛行機

青タン

青タン
航空生徒の襟章
星も金筋もない
青一色の青タン

青ゾラ
赤トンボが舞う
隼でも飛燕でもない
赤トンボの特攻機

青が蒼になり
蒼が黒になり
黒が真赤になり

青タン蒼一色の海。

かの蒼空に

目をあげ給へ
つねに高きを見給へ
かの蒼空にまして大いなるもの、
何処にあるべしや（啄木エッセイ「一握の砂」より）
目をあげてかの蒼空に見えぬもの、
目をあげてかの蒼空に見えるもの、
かの大いなる蒼空に、
永遠に生きる少年たちの透明なたましい。

見よ今日もかの蒼空に

見よ、今日も、かの蒼空に
飛行機の高く飛べるを。

特攻隊員の少年が
たまに非番の日曜日、
瀬戸の小島で畑を打つ寡婦《やもめ》暮らしの母親に、
ひとりせっせと鉛筆で手紙を書く眼の疲れ……

見よ、今日も、かの蒼空に
飛行機の高く飛べるを。

飛べない飛行機

飛行機の胴体の中にすっぽり入った若い男。
頭にプロペラを取り付けて、
両腕を左右に開き、上の翼のつもりで飛ぼうとする。
下の翼の両端にはパンダの顔が描かれて汚れている。
飛行機の脚は地面に固定され、錆ついている。
遊園地の飛べない飛行機よ。
前方を見つめる若い男の八の字の眉よ、かなしい目よ。

三十一歳で死んだ画家石田徹也が、
二十三歳のとき描いた飛べない飛行機。
大学ノートのアイデア帖に書き残した彼のことば。
「はいきょのようなゆうえんちのひこうき男、
とびたいけど、とんでいけない、ものがなしい――」
いたるところに廃墟が、飛べない飛行機が、悲しい若い
男が――
見よ、今日も、かの蒼空に、飛行機の高く飛べるを。

ブレリオ機

見よ、かの蒼空に、ブレリオ機の飛べるを。
木村鈴四郎砲兵中尉、徳田金一歩兵中尉、
大正三年（一九一四）三月二十八日、
所沢飛行場を離陸、青山練兵場に着陸し、
貴衆両院議員観覧し、両中尉説明の後、
午前十一時三十六分、帰航の途に就く。
見よ、かの蒼空に、ブレリオ機の飛べるを。
最高時速九十キロ、航続距離四時間、全備重量五五〇キ
ロ、
全長八メートル八十、全幅十一メートル、フランス製の
単葉機、
所沢飛行場北東約千五百メートル、柿の木台上空、
突風俄に吹き起こり、左翼もがれて、
機体と共に両中尉墜落し、我が航空界最初の犠牲たり。
木村・徳田両中尉殉職之処――
所沢陸軍飛行学校長の記す石碑は若葉に包まれ、
草むす参道の両側はひそやかに乙女椿が列をなす。
やまと新聞社製作の両中尉の銅像は見えず、
堤康次郎村山貯水池に移し、今は航空公園に立つ。
見よ、かの蒼空に、ブレリオ機の飛べるを。

両中尉未帰還の所沢陸軍飛行場は連日空爆され、
対空射撃部隊の少年飛行兵はたこ壺に潜み、
急上昇するグラマンＦ６Ｆの紅顔の搭乗員を凝視する。
航空公園の碑「未だ還らざる」の三少年飛行兵は空を凝
　視する。

見よ、かの蒼空に、ブレリオ機の飛べるを。

トンボ・隼・燕

自転車で登りつめ、
自転車で跨ぎ越すと、
赤トンボが群れていた。
隼が舞っていた。
燕が飛んでいた。
みんな楽しそうだった。
音はなかった。

ロッキー山やアルプスの
雲の峰々見下ろして、
操縦桿をあやつれば、
エンジンの音懐かしく、
心は躍る雲の上、
ああ、壮なるや航空兵。*

自転車で降《くだ》りつめ、
自転車で跨ぎ越すと、
赤トンボの胴が沈んでいた。
隼が翼をもがれて沈んでいた。
燕が細長い首を折られて沈んでいた。
傷は今も痛んで苦しそうだった。
うめき声がずっと聞こえていた。

東雲《しののめ》の空赤きころ、
まどけき夢の巣を立てば、
銀の帯せる多摩川や

緑に萌える武蔵野は、
いと安らけき眠りにて、
ああ、快なるや航空兵。*

*「ああ、航空兵」より

Ⅱ

空

昭和十九年度陸軍幼年学校入試の
作文の出題は「空」だった。
なんにも知らないものだから一心に書いた。
瀬戸内海塩飽《しわく》諸島の最高峰王頭山三一三メートル。
頂上から仰いだ蒼空の広さ、深さ。
空に吸われし十三の心。
羽節灯台を挟んで、汽船が行く、駆逐艦が行く。
対岸の丸亀城の小さな天守閣の上の空。
多度津港近くの「一太郎やーい」の丘の空。
牛島と本島との間から朝日が上りはじめる東雲の空。
いっぱい、夢中で、書いて、こう結んだ。
「空ノヤウナ広イ心ノ持主ニナリタイ。」

都会では、陸幼受験の塾まであって、
「空は僕らの決戦場」「帝都の空は僕らが守る」
B29、グラマンF6F、P51、ロッキードP38など、
皇国空軍将校、隼、飛燕の編隊長となり、真っ先翔けて
撃破する、
こんな作文の指導があったらしい。
なんにも知らないものだから、いつも見ている蒼空の広
さ、深さ、
「空ノヤウナ広イ心ノ持主ニナリタイ」だなんて。
しかし、「憲兵が調査に来れば合格」の憲兵は島までや
って来た。
採点に当たった文官教官は、どちらに高い点数を与えた
ろう、
「空ノヤウナ広イ心ノ持主」志望と皇国空軍将校・隼編
隊長志望と。
陸軍少年飛行兵学校入校式、校長梁瀬少将は、訓辞をこ

う結んだ。
「諸子ハ将来努力ニヨリ皇国空軍将校タルベキ栄誉ヲ担ヘル者ナリ。」

丸亀駅

汽車は丸亀駅に着いた。
ひとつ手前の宇多津駅で下りるところだった。
駅に近づいて機関車の蒸気音は間遠になり、
浜町の飲食街の裏側からうどんの出し汁の匂いが、と思う間もなく、
重いブレーキ音とともに汽車は停車した。
まるがめー、まるがめー、
たった五か月前なのに、違って見えた丸亀駅だった。
改札を通って待合室へ一歩踏み込むと、
何列かのベンチから何名もの兵隊が家族の中から起立、敬礼した。

十四歳の航空生徒は、横向きに、指先の震える答礼をして過ぎた。
軍帽を目深にかぶり、両肩にプロペラ入りの肩章、
空色の襟章に、航空胸章、襷がけの水筒と雑嚢を
帯剣した帯革で締め、細く巻いた雨外套を斜めに、
下士官待遇、敬礼は下士官以上、夏期休暇の帰省だった。

汽車は丸亀駅に着いた。
駅に近づくと、立ち退き跡の空き地が見えた。
宇野の桟橋で連絡船待ち、寝ている間に水筒、雑嚢を盗まれた。
枕がわりの毛布の包みを担いで待合室に入ると、
たった一年前の夏なのに無人のよう、兵隊も家族もむろんなく、
略帽をあみだにかぶり、肩章も襟章も胸章も帯革も短剣もなく、
水筒、雑嚢もなく、竹細工に濡れ紙だと母が泣き笑いした復員だった。

山野跋渉

山野跋渉。
山野跋渉という言葉があった。
普通学・軍事学・教練・体操・軍刀術——
軍学校にあった山野跋渉という言葉。
服装は体操衣、体操帽、体操靴、右肩から水筒。
早朝から裏山の長等山《ながらやま》に登るのだ。

長等山——三井寺の西方に聳ゆ。
南は逢坂に至り、北は滋賀の山嶺より
比叡の大嶺に連接し、西は如意ヶ嶽に続く。[*1]
さざなみや志賀の都は荒れにしを
昔ながらの（長等の）山桜かな（薩摩守忠度）
山頂の千石岩から見おろす鳰《にお》の海。

目的は「浩然ノ気ヲ養フ」にあるのだが、
思い思いに「わらび狩り」、故郷の山野に来たようだ。
琵琶湖上空の蒼空に、下駄ばきの赤トンボも舞っている。

わらびのなかに見つけた赤タン[*2]の階級章、赤鉢巻の軍帽。
日朝点呼に姿を見せぬ生徒一名、夜中にたったひとりの
山野跋渉——
比叡の大嶺、如意ヶ嶽の山深く、故郷をさして行ったの
か。

＊1　吉田東伍『大日本地名辞書』
＊2　赤だけの襟章。第三装（平常服）につける。

木犀

第四班、総員十九名、事故なし、現在員十九名、
番号！
一、二、三、四、五、六、七、八、九、十、
十一、十二、十三、十四、十五、十六、十七、十八、十
九、
ピアノの鍵盤のひと撫で！　変声期前後の澄んだ旋律、
以上十九名、異常なし。

班長に答礼する週番士官、赤白の襷、
答礼する随行の週番下士官、赤白の腕章、
日朝点呼、五時四十五分。
ああ、木犀は匂っていたよ。

第四班、総員十九名、事故九名、現在員十名、
番号！
一、二、三、四、五、六、七、八、九、十、
以上十名、事故の九名は死亡七名、行方不明二名、
報告する班長も答礼する週番士官の区隊長もいない。
生徒舎もない。
舎前の庭も樹もない。
一列横隊の生徒たちもいない。
日夕点呼、二十一時、
ああ、木犀は匂っているよ。

寝台の順は身長の順。
一番山本、秋田鉱山学校出身、傷夷軍人の白衣の胸に赤
　タンつけて、
大津から横手まで一人汽車に揺られて帰って行った辰治
　郎よ。
三番河野、松山工業出身、暑中休暇で一人待つ祖母のと
　ころに帰ったね。
飛行機に乗れなかった特攻生徒の無念を持ち続けた組合
　長の照夫よ。
五番溝口、愛知小牧中学出身、甘いマスクに目深の軍帽
　が似合ったね。
息子のいない四班会で、一人踊ってくれた父上は今は一
　緒だ、光典よ。
六番尾形、山形長井出身、突然開けられたドアに衝突、
　バイクは舞って
反対車線のトラックに轢かれた。墓に刺した鎌よ、温厚、
　実篤な平助よ。
蒼空に、ああ、木犀は匂っているよ。

二人の軍曹

二人の軍曹は福島県の出身だった。
同じ伊達郡の梁川町と伊達町だった。
前期四班と後期五班の内務班長だった。
第五班長のT軍曹のほうが福島なまりが強かった。
二人とも下士候出身の優秀な下士官だった。
中国戦線から助教として軍学校に喚ばれた。
「俺が内務班長のK軍曹だ」と鋭い眼光、
身長順に長い机を向かい合って着席した十四、五歳の生徒たちは、
はじめて知る異常な緊張感に、班長が二十代半ばとは知らなんだ。

中等学校卒以上が受験する幹部候補生——甲幹でも乙幹でもなかった。
下士官候補者試験合格者こそ帝国陸軍の中核だった。
K軍曹は几帳面で厳格、内に温かい思い遣りがあったと生徒は言う。
眉毛が太く目が大きくて色白の、精気に溢れた軍人だったとも言う。
戦後五十有余年、四班会を作り、三十八号に及ぶ会報を支えたK軍曹。
「年寄りは元気なようでもいつ急変するか分からないから、常に
気を付けてあげるように」と生徒の母親を気遣ってすぐ死去したK軍曹。
曹長に昇進したが、少尉候補者試験を受ける間もなく敗戦になったのか。
優秀な青年将校のイメージよりも、K軍曹はすばらしいK軍曹。

T軍曹は見た目はK軍曹と対照的だった。
几帳面で更に厳格、内に奥深く温かい思い遣りが潜んでいた。
足指の怪我で入室中の生徒を卒業演習に参加させたとき、
対戦車攻撃で爆薬箱を抱えてたこ壺から飛び出すのを、
生徒の脇腹に手を差し入れて、模擬戦車まで伴走したT

軍曹。
受賞のためには卒業演習が不可欠と中隊長命令だったにせよ、
卒業式当日には体に合う上衣を調達し、二人の写真撮影を準備したT軍曹。
戦後開拓地のT軍曹（のち曹長）を訪ね、終バスに向かって二人で駆け下り、
模擬戦車ならぬ美しいコケシの土産に引き合わせてくれたT軍曹も今はない。

揺れる

鉄帽の顎紐を締め直し、
九九式短小銃に着け剣し、
擬装網を被ったまま伏せの態勢で、
突撃命令を待っている。
夜半の雨で眼前のたこ壺は水いっぱい、
初冬の蒼空を映している。

演習場の斜面の先に琵琶湖が広がっている。

突然、たこ壺の水が揺れ出す、溢れ出す、
左右のたこ壺の水も揺れ出す、溢れ出す、
体を載せた地面も揺れる、揺れる、

地震だ！
後の命令の記憶も揺れる、
たこ壺の水が揺れる、溢れる、
瀬戸内の巡航船が揺れる、揺れる。

突撃の命令も、突撃の対象も、揺れる、揺れる、
琵琶湖も揺れる、自分の記憶も揺れる。
昭和十九年十二月六日、東海地方大地震、津波、
死者九九八人、全壊二万六千一三〇戸。
六十四年目にたどる十四歳の記憶、
揺れる、揺れる、揺れる、揺れる、
遠ざかる瀬戸内の巡航船が揺れる、揺れる。

小鳥屋

外出希望者は、日曜昼食後、舎前に集合、点呼を受ける。
平常服の三装脱いで、肩章付の二装着用、帯剣、
軍帽も二装用軍帽、教練用じゃない二装用編上靴。
生徒服の軍袴は、裾を結ばず真っ直ぐで、脚絆を巻かぬ。
数名で歩調取って校門を出たものの、さて何処へ行く？
十四歳、大元帥陛下のおん為に死ぬという目的はあるけれど、
さて何処へ行く？「クォ・ヴァディス、ドミネ？」*
思い思いに、三々五々、三井寺や琵琶湖疎水の方に散って行く。

三井寺の山内のとある寺院が庭に面した座敷を開放し、
お茶などを出してくれるけれど、上級生らが陣取っている。
ひとり、こつこつ街に向かう途中、小鳥屋の前で立ち止まる。
奥には亭主も鸚鵡も九官鳥もいたかも知れぬ。
店先の籠には目白が三羽、飛んだり止まったり、鳴いている。
瀬戸の小島で、トリモチを巻いた小枝に目白が止まる。
あの目白は何処へ行った？　この目白は何処へ行く？
何処へも行きゃしない、死んで籠から出されるだけさ。

外出のたびに、小鳥屋の前で目白を眺めていたが、
前の目白か、次の目白か、瀬戸の小島の目白だったか。
戦争が終わって二十年、訪ねた小鳥屋はあった形跡もなかった。
「クォ・ヴァディス、コトリヤ、メジロ――？」

＊主よ、何処へ行き給ふ？『クォ・ヴァディス』（岩波文庫）

ぼくも飛ぶ

空からぼくをよんでいる。
あの音がぼくをよぶ。
今朝もめがさめると、
まだうす暗いすずしい空を
もうあの爆音が気もちよく
遠くの方からひびいて来て、
まるでぼくの家を知つてるやうに
すぐ屋根の上を通つていつた。
あの音がぼくをよぶ。
あの音をきくとぼくの胸がふるへる。[*1]

ぼくもあの音に呼ばれた。
昭和十八年夏、十三歳だった。
瀬戸内海の小島のぼくの家を
まるで知ってるように、
隼一機がすぐ屋根の上を通っていった。
三軒隣のマサオさんの操縦する隼だったか。

「東雲の空あかき頃、まどけき夢の巣を立てば、
　銀の帯せる多摩川や緑に萌ゆる武蔵野は――」
「ああ航空兵」や武蔵野の東航[*2]はもう知っていた。
マサオさんはどこへ飛んで行ってしまったのか。

大東亜をまもり
敵機を端からたたき落し、
御先祖さまや、神さまに
それを見ていただくのはいいな。
ぼくも飛ぶ。
あの音がぼくをよぶ。
お父さん、お母さん、今年こそ
ぼくを少年飛行兵にしてください。[*3]

昭和十八年夏、高村光太郎、六十歳。

この詩を読んだ武蔵野の少年たちはその朝も「あの音」

　を聞いただろう。

そして、父母に頼んだだろう、

「今年こそぼくを少年飛行兵にしてください。」

村会議員の父は合格を喜び、国防婦人会支部長の母は無言だった。

「望み望んで今こそは輝く少年飛行兵、
巣立つその日は日本の空の護りよ荒鷲よ」*4

そして、「あの音」と共に、「大東亜」のために、南海の蒼空を、少年たちは火達磨になって突っ込んで行った。

御先祖さまや神さまや六十過ぎのじいさまは、それを見ていない。

*1 高村光太郎「ぼくも飛ぶ」前半（昭和十八年）
*2 東京陸軍航空学校、のち東京陸軍少年飛行兵学校
*3 高村光太郎「ぼくも飛ぶ」後半
*4 「少年飛行兵行進曲」より

少年飛行兵

「少年飛行兵は強い」と或人がいふ。
わたくしもさう思ふ。
少年の純真さは大人の比でない。
少年はおのづからわき目もふらない。
大人が修養で得るところを
少年は天然に持つてゐる。
それほど少年は未生前に近い。
思ひつめたが最後
きつとやりとげるといふ気魄を
少年はみなもつてゐる。*1

「少年飛行兵は強い」と光太郎はうたう。

少年は純真、わき目ふらず――

生まれる前からの天然の性質だという。

思いつめたが最後――

ここまで来て、ぼくの胸は疼く。

思いつめたが最後、何をやるか、何をやりとげるか！

少年、少年、少年の純真――少年を賛美する詩人。

少年、少年、少年の純真――少年を賛美する時代。

そんな詩人、そんな時代、そんな純真な少年――、

ここまで来て、ぼくの胸はまた疼く。

これを規律ある訓練で仕上げれば
なるほどすぐれた飛行兵になるわけだ。
その上神経反応の速度は
十四歳でいちばん敏感になるのだそうだ。
反応時のはやさは勝敗の鍵となる。
航空戦に大人をしのぐ
少年飛行兵のあることは当然だ。
純なるものはここでも無敵[*2]だ。

この十四歳という数字はなんだ?
この年、採用年齢、一年繰り下げ、十四歳となったのだ。
ぼくは受験した、十三歳で。入校一か月前に十四歳になるから。
雪の舞い込む琉謫の地で、光太郎は十四歳を思い出したか。
昭和十九年春、三千の十四歳が東京・大津・大分の少飛校に入校した。

昭和二十年夏、十五歳になった、そのほとんどが無事家郷に復員した。
光太郎にとっても、ぼくらにとっても、それはよかった
——でも胸は疼く。
光太郎が少年飛行兵に寄せた愛情だけは今も残っている
——でも胸は疼く。
大冊『陸軍少年飛行兵史』[*3]の頁は、戦死した少年たちで埋《うず》まっている。

*1 高村光太郎「少年飛行兵」前半(昭和十八年)
*2 高村光太郎「少年飛行兵」後半
*3 昭和五十八年三月、少飛会刊、A4判、九二六頁

少年飛行兵の夢

日本の科学陣も相当なもんだ。
この超高度で、この編隊で、

空は黒いほど碧いぢやないか。
最後のとどめはお膝もとに限る。
そら命令だ。
隊長機がつつこむ。
なるほど白いや、ホワイトハウスか。
あれがポトマツクか。
河岸のが海軍ヤードか。
向ふのがフート要塞か。[*1]

昭和十八年十二月八日にこの詩を作った光太郎、
二年前、「記憶せよ、十二月八日。」とうたった光太郎。
いま、アメリカ本土、首都ワシントン攻撃の夢をうたう。
少年飛行兵の夢、少年飛行兵のモノローグ、そんな少年
　もいただろう。
「ロッキー山やアルプスの／雲の峰々見下ろして、
操縦捍をあやつれば、／エンジンの音懐かしく、／心
　も踊る雲の上、
ああ、壮なるや航空兵。」
ぼくらは、毎日の軍歌演習でアメリカやヨーロッパの空
　を飛んでいた。
ああ、快なるや航空兵。
空は黒いほど深い蒼空だった。

ちきしよう、いるな。
いくらでも来い。
どかどか落すぞ。
もう火の海だ。
また来たな。
おや、おれは機銃手かな。
操縦手かな。
何だか変だな。
まさか夢ぢやあるまいな。[*2]

アメリカの首都に、どかどか落とす快感。
ホワイトハウス、海軍工廠、要塞を、火の海にする快感。
「少年飛行兵の夢」に生きている少年の「純真」な快感。
広島・長崎に原爆を落とす快感。
日本の都市のほとんどに、どかどか落とす快感。

日本の国土のほとんどを、火の海にする快感。

まさか夢ぢやあるまいな。

＊1　高村光太郎「少年飛行兵の夢」前半（昭和十八年）

＊2「少年飛行兵の夢」後半

ＹＳ11

所沢・航空公園駅を正面から見ると、

真中の円時計がエンジンで、短針・長針はプロペラだ。

時計を挟む一階・二階の稜線は二枚の翼、複葉機だ。

駅からはるか向こうの交差点まで、真直ぐ広い道路は滑走路だ。

交差点の右手前にあるのは、東京航空管制局のタワーだ。

短針・長針のプロペラじゃあ、take off のサインは出ないんだね。

駅前に置かれてあるのはＹＳ11機だ。

戦後日本が開発した六十四人乗り、ターボー双発の旅客機だ。

一九六五年就航、二〇〇六年退役、四十年、日本の空を飛んだ。

手入れが良くて、take off のサイン待ちのようだね。

草木もクルマも管制カンも眠る丑三つ刻、

ターボーのプロペラはしずかに回転し、ＹＳ11は滑走路に滑り込んだ。

種子島から大阪伊丹空港まで二時間、真夜中を一瞬に飛んで、

とっくに所沢に帰還し、いつものように待機しているＹＳ11だ。

鹿児島・羽田のキャンセル料を払い、船で四時間かかっての屋久島だった。

隣の種子島まで船で一時間、宇宙センターから島を縦断しての空港だった。

種子島・大阪伊丹間直通のＹＳ11に乗った記憶を飛んで

くれたＹＳ11だ。
所沢での孤独に耐えて深夜に四十年の記憶を飛んだ戦後
　生まれのＹＳ11だ。

所沢航空公園は、明治四十四年開設、日本最初の飛行場
　だった。
隼も飛燕も疾風《はやて》も鍾馗《しょうき》も呑龍《どんりゅう》も、最速で白鷺みたいな新《しん》
　司偵《してい》も来た。
絹布を張った複葉の赤トンボ、九七戦や高練や喧しいキ
　の１０２も来た。
グラマンＦ６Ｆ、Ｐ51さえ来たのに、ＹＳ11は何も知ら
　なかった。
寒雷の轟き渡る丑三つ刻、所沢を飛び立った無数の魂の
　哭き渡る雨の夜半《よわ》、
飛べないＹＳ11は、雷雲を突き抜けた蒼空の深さをただ
　思い続けるのだ。

飛燕

　つばくらめ飛ぶかと見れば消え去りて
　空あをあをとはるかなるかな　　窪田空穂

陸軍三式単座戦闘機飛燕キの61。
めずらしく液冷で、頭部が細長く、
イギリス戦闘機スピットファイアに似ていた。
防空戦隊の花形、夜間もＢ29を迎撃した。
だれもが飛燕は好きだった。
液冷と夜間から寝小便につかう奴もいた。
所沢の飛行場にやってくるとだれもが見たがった。

東京上空、真赤に燃えて、Ｂ29を迎撃する飛燕。
12・７ミリ×２、20ミリ×２の４座の機銃から、
Ｂ29に架けた曳光弾の弾道、何本ものアークの輝き。
巨大な火炎体となって、Ｂ29が水平のまま墜ちてゆく。
体当たりした飛燕、護衛のＰ51から被弾した飛燕。
翌朝の東京の空はどんより曇って何も飛ばなかった。

はるかな蒼空をさして消え去った飛燕は、もう還らない。

迫ってくる

表門歩哨にはじめて立つ。
表門には「紺五六〇部隊」の木札がかかっている。
昼間の米軍機の空襲定期便も去り、
表門あたりに夕闇が迫ってくる。
道路ひとつ隔てた民家の奥から芋焼きの匂いが迫ってくる。
将校の出入りには、捧げ銃《つつ》、以下は銃を立てたまま黙礼だ。
突然、夕闇の先から速度を落とさず、乗用車が迫ってくる。
翻る黄色い三角旗、将官旗だ、と思う間もなく表門に迫ってくる。
慌てて通報せずに自分だけ捧げ銃、門内から「衛兵整列！」の司令の声、
銃を取りに所内に駆け込む衛兵たち、ラッパ手は吹く間もない。
将官旗の車は、混乱の衛兵所の前をすばやく通過した。
直ちに表門歩哨は交替させられた。

背後で衛兵司令が伍長に話している。
「俺たちはいいとして、生徒らが可哀想だ」
欠礼による懲罰、営倉入りか、とにかく軍歴に傷がつく。
えたいの知れない重いものが、背後から夕闇と共に迫ってくる。
その夜に衛兵交替となって内務班に帰ったら、藻抜けのカラだった。
衛兵に選抜された二名の整頓棚だけが中身が詰まったままだった。
突然、命令が出て、何個中隊かが盛岡移転となったのだ。
絶えず駆けめぐる懲罰の二字を意識しながら急遽荷作りする。

北上する軍用列車の少年飛行兵に懲罰の二字が迫ってくる。
北上する軍用列車に三機の米軍機が迫ってくる。
北上する軍用列車が速度をあげてトンネルの入口に迫ってくる。
北上する軍用列車の十五歳の少年飛行兵に懲罰と米軍機が迫ってくる。

頬の痣《あざ》

「只今の中隊長殿の精神講話中、居眠りをした者は前に出よ」
したというほどではないが、ふらっとしたような感じはあった。
第一中隊長と四人の区隊長が去った後だった。
前に出た者は意外に少なく、中隊二百名中、十名ほどだった。
一列横隊に並んだ途端に、軍曹が次々にビンタをはじめた。
自分の番が来て、目に光が飛び散り、頬の重さと熱さによろめいた。
入校一か月、十四歳になって二か月、生まれてはじめてのビンタだった。

真冬の防空用水、うっすら氷が浮いている。
ふんどしひとつの生徒が二名漬かって震えている。
冷酷で知られる第五中隊長I大尉の命令らしい。
正視できぬまま通り過ぎる。
自分の中隊から銀時計を出したいと、
試験室へ入って、見込みありそうな生徒の机を離れない。
昇進したことを卒業生に知らせたく、名前に「少佐」をつけ加えた。

敗戦直後の混乱期だった。
無気味に痩せ細った曹長が、何の理由か整列させて、
諸刃の鋸でビンタを取ろうとした時のひきつった瞬間、
さすがに軍曹が懇願して、曹長は鋸を棄てて立ち去った。

一年半の陸軍生活で、二度目のビンタになるはずだった。
諸刃の鋸で斬られた十数名の少年飛行兵の頬の傷、
戦後六十余年の頬の傷、消えぬ痣となって夢のなかに蘇る。

昼火事

盛岡駅で水筒・雑嚢掛けたまま窓口から押し込まれ、
毛布の梱包ひとつが後から押し込まれ、
仙台駅で下ろされ、有蓋貨車に押し込まれ、
東海道線のどこの駅からか、無蓋貨車に押し込まれ、
大阪から山陽本線の客車に押し込まれた。

姫路駅を過ぎて、相生《あいおい》の手前だったか、列車は止まった。
動かない列車の窓から八月の播州平野、見知らぬ山河。
徐行して行く前方に黒煙が上っていた。
駅に近づくと、下火になりかかった昼火事だった。
昭和二十年夏の末、小さな駅の昼火事の記憶。

連絡船を待つ宇野は、復員兵で溢れていた。
痩せこけた十五歳は、毛布の梱包を背に眠った。
肩から外した盛岡以来の水筒と乾パン入りの雑嚢が盗まれた。
宇野から高松、高松から丸亀、丸亀から塩飽広島へ、昼火事の記憶。
窓から押し込まれて以来、隠しの受賞銀時計のガラスは砕かれていた。

ある墓標

募集案内では将来の進級は中佐見当だった。
撃墜王ベストテン（三根生久大『陸軍入門』昭和五十二年）
①篠原弘道少尉――58機、騎兵より転身、昭和十四年ノモンハンで戦死。
②穴吹 智 曹長――30機、一機でB29を三機、少年飛行兵六期、戦後、三等空佐。

③垂井光義大尉――38機、少年飛行兵一期、昭和十九年ニューギニアで戦死。
④佐々木勇准尉――38機、少年飛行兵六期、戦後、三等空佐。
⑤黒江保彦少佐――30機、陸士五十期、戦後、航空自衛隊司令、水死。
⑥島田健二少佐――27機、陸士四十五期、昭和十四年ノモンハンで戦死。
⑦隅野五市大尉――27機、陸士五十五期、昭和十九年ビルマで戦死。
⑧柴田力男少尉――27機、少年飛行兵三期、昭和十八年漢江で戦死。
⑨金井守吉中尉――26機、少年飛行兵四期、航士卒、戦後、ヘリで事故死。
⑩斎藤正午中尉――25機、少年飛行兵二期、航士卒、昭和十九年転進中戦死。

陸軍少年飛行兵――一期は昭和九年所沢飛行学校、三期から熊谷飛行学校、五期から東京陸軍航空学校（東航）、十六期から少年飛行兵学校、二十期までの十一年の歴史。

昭和十三年末、航空士官学校（航士）独立開校。幻の航空幼年学校よ。

少飛出身者で航士を経ても少佐に達した者はなかったらしい。時間もなかった。

陸軍幼年学校に合格して戦闘機乗りになりたい軍国少年だったと人は言う。

なぜ陸幼―予科士―航士の時間のかかるコースで、少年飛行兵じゃなかったのか。

戦闘機乗りに不可欠の反射神経の敏感さは十四歳が一番と光太郎はうたった。

昭和十八年、少年飛行兵の入校年齢は一年繰り下げられて十四歳になったのだ。

エリートコース、立身出世の道を選ぶは人の世の常だろう。

陸幼の願書の家庭調査欄に上流・中流・下流があり、近親に将校の有無もあった。

憲兵が調査に来れば合格間違いなし、村中の評判、でも合格電報は来なかった。

商業・工業・農業学校・国民学校じゃなく、県立中学校中心の学校差別、

昭和二十年に入っては、陸幼志願者は中学校に限るの通達が出されている。

少年飛行兵学校には、商業・工業学校・国民学校出身者が多かった。

早く飛行機に乗りたくて、陸幼から少飛校に転校した者もいた。

航士進学を勧められても、飛行機に乗りたくて、下士官でよかった少年飛行兵たち。

航士、特別操縦見習士官からの編隊長を、それ以上の技倆で支えた少年飛行兵たち。

南九州都城基地・搭乗員室前、明るい声をあげて相撲をとってる少年下士官たち。

島根県横田村小学校訓導だった通信将校、教え子新田祐夫を見つけて声をかける。

「うわぁ！　先生ぇ！」――新田伍長（少飛十四期　横田農林出身）第一八〇振武隊員。

東航、熊谷飛行学校以来、片時も離れぬ同じ振武隊員の宇佐見伍長（横浜一中）。

昭和二十年七月一日早朝、二人だけ残った最後の特攻、四式戦闘機疾風二機出撃。

擁護戦隊は壊滅、見送る人もまばらな夏草の滑走路、沖縄めざして飛び立った二機。

宇佐見伍長の実家は横浜空襲で遺族行方不明、横田の新田家が建てた一基の墓標――

陸軍航空兵少尉　新田　祐夫

墓

陸軍航空兵少尉　宇佐見輝夫

昭和二十年七月一日、陸軍特別攻撃隊振武隊に参加沖縄天号作戦に出撃、散華、享年十九歳。

広島と島根の県境、中国山脈の裾野なだらかな横田八川《やかわ》の里、

伍長から少尉に特進した二少年は、揃って初夏の蒼空を仰いでいることだろう。

＊第三連は神坂次郎『今日我生きてあり』（新潮文庫）による。

Ⅲ

安芸・幸崎

呉《くれ》線はどこを走っても海が尾《つ》いてくる。
無人駅で夾竹桃が紅く咲いていた。
夾竹桃の花咲けば――
父の生まれ故郷は安芸《あき》・幸崎《さいざき》。
ホームのはずれに白く夾竹桃が咲いていた。
明治二十七年、父はこの地で生まれたのだ。

子供だった父が泳いだだろう白い浜辺。
少年だった父が登っただろう黒い里山。
母と出会って生涯住んだ讃岐・広島と似た地形。
安芸・幸崎の浜辺と里山を時に思い出していただろう。
ホームのはずれの夾竹桃の白い花。
安芸・幸崎発車、忠海《ただのうみ》に向かう海のひろがり。

下の息子が修業明けに作った新舟《しんぶね》に乗り、
艫《とも》に日除けの小さなテントを張って、
真新しい大きな櫓《ろ》をゆったり漕いで、
ひとり讃岐・広島から安芸・幸崎をめざす父。
手漕ぎで瀬戸内海を真西に島々を縫って行く。
大船《たいせん》、小汽船、機帆船、漁船を交わして行く。

紀伊水道、豊後水道の東西からの潮流がぶつかり合い、
潮が湧くという塩飽《しわく》諸島の讃岐・広島沖の引き潮に乗り、
上の息子が航空学校で受賞した銀時計を首に吊るし、
潮の満ち干の時刻を測り、下の息子の新舟を漕いで行く。
戦争が終わって無事に兄は復員し、弟は一人前の船大工。
夾竹桃が白く咲く、生まれ故郷安芸・幸崎への切ない父
　の里帰り。

丸太町御前通り東入ル

京都市上京区丸太町御前通り東入ル。
子供のころから口をついて出てくるこの地名、
瀬戸内の讃岐広島から何度も便りを出していたからだろう。

「ツルヤ洋裁店」とつづくが、少女時代から二十過ぎまで、
姉が住み込んでいた店、「ツルヤ洋裁研究所」だったと
姉は言う。
ミシンを見たこともなかった少女が、三つ揃い仕立さえ
習得した。

京都へ行く度に思い起こしはするのだが、
行ったことはなかった丸太町御前通り東入ル。
昭和十九年三月、京都七条鞘町通りの長屋で、姉と数日
過ごした。
父の長兄、京都のオッサンが末期の胃癌で、姉は付き添っていた。

大津の航空学校に入校する何日か前の日々だった。
毎朝、豊国神社で小枝を拾ったが、丸太町御前通りには
行かなかった。

今年の夏、丸太町烏丸近くのホテルに泊まった。
丸太町通りをバスで真っ直ぐ、ついに丸太町御前通りで
降りた。
南側の角は、平安京西端を示す標識、東入ルと朱雀第二
小学校。
北側は、しもた家並びで、饅頭屋が一軒古かった。
店先でホーキ持つ老婦人は、丸太町御前通り東入ルはこ
こだと言う。
「ツルヤ洋裁店を知りませんか？　昭和十八、九年の頃
ですが――」
「その頃、わたしはまだ生まれていませんから。」
老婦人とは何だ、自分の年も考えろ、苦笑して饅頭も買
わずに退散した。
空襲を受けず古色蒼然たる京の町並に、ツルヤ洋裁店は

痕跡もない――
近くの郵便局の窓口で、讃岐広島の姉へハガキを書いた、
今、はじめて来た丸太町御前通り東入ル、ツルヤ洋裁店
　は影も形もない――
郵便局は悲しいのすたるぢやの存在だと言った詩人を思
　い出しながら――。

辛子菜

上州の友人から貰った辛子菜の束、
四、五日たって新聞紙の包みを開けてみたら、
黄色の花が咲いていた。
束をほどいてゴミを洗って流していたら、
白く薄い羽状のものがかすかに上下して吸い込まれた。
辛子菜のなかの蛹が羽化していたのだったか。

上州の辛子畠の蒼空よ。
黄色の花をつけた辛子菜のみどりよ。
切られ束ねられ、都心の台所に仕舞われ、
人知れず羽化して白い葉切れとして流され……

見よ、あの蒼空に、ひとひらの紋白蝶の舞っているのを。

気象予報士

気象予報士の試験は難しいそうだ。
挑戦して、たくさんの女性予報士が活躍している。
「お天気姉さん」のころとは大違いだ。
樋口一葉の恋人と同じ苗字だからと見ていたら、
七時二十八分、現われて、的確に予報して、
礼をして、小首をちょっと傾げて消えるさまが実にいい。
七時二十八分の恋人などとファンが多いそうだ。
土・日は別の人で、はじめは歌手のM・Sみたいと思っ
　たが、
さにあらず、真面目で自然で、コケットリイはまるでな
　い。

有名軍団の兄弟のひとりが気象予報士だ。
資格を取ったこの人に、他の兄弟にない微かな好意を感じている。
空が好きで、お天気が好きで、雨も好きで、台風も好きで、
果てしない大空のとりことなってしまった気象予報士よ。
あなたがにこやかに指し示す広い気象図の片隅に、
空に散った少年らの幻が、時に浮かんでは消えるのを知っていますか。

朝のラジオの気象予報士もほとんど女性だ。
男性アナが「今朝の担当は、私、H・Hと」、女性アナが「E・Kです。
気象情報は」、「S・Kです」――もうトリオになっている。
気象予報士は、音吐朗々、真摯に、優しく、的確に、沖縄から北上する。
かつての年配の男性予報官も、渋い声で、周到で、よかったが、
函館の女性レポーターが港祭りの話をすれば、その日は晴れとすぐ答える。
一週間ごとに交替して、声もトーンも違ってくるのも、楽しみだ。
土・日の担当はきまっていて、低い声で静かに話すのも、何だか懐かしい。
見えない顔を想像し、見えない日本の空を思い浮かべる。
テレビの予報士は、毎日着替えているようで、大変だが、
「今日のSさんの空色のブラウスは素敵ですね」とアナが言ったりする。
空が好きで、お天気が好きで、嵐も好きで、雷も好きで、
果てしない大空の身内となってしまった気象予報士よ。
あなたがあかるく語る、目に見えない気象図の彼方に、
宇宙の神にインスパイアドされた少年らが生きているのを知っていますか。

十三夜

皓皓としか表現しようのない天空唯一の十三夜の月。
缶ビール片手にススキやハギの乱れる庭でひとり眺めて
いる。
六十年も前、下宿の屋根から後の月を共に眺めた少女は、
今もそばにいるが、後の月にはもはや関心はないらしい。
昼間、友人が里芋と栗を持ってやってきた。
一月前の名月と今夜の後の月のためらしい。
月のはるか彼方に宇宙の中心があり、宇宙の精神がある
らしい。
月と地球の間を飛んだ宇宙飛行士は、宇宙の神を感じた
らしい。
宇宙の神にインスパイアドされて、月は皓皓と照り渡っ
ている。

妻と猫

庭を通り抜ける猫を眼にすると、
妻は畳を蹴ってサンダル突っ掛け、
喚声をあげて追っ掛ける。

いつぞや肥満大黒猫がのっそりやってきた。
妻は勢猛《せいもう》に駆け出したが、
肥満大黒猫はにやりともせず、悠然と立ち去った。

いつぞや胡瓜を横にしたような痩せ黒猫がやってきた。
妻は新聞まるめて追っ掛けたが、
痩せ黒猫は塀に飛び上がれず、横ざまによろよろ逃げた。

愛猫が嫁の飯を舐めるのを姑は知らん顔。
食べようとするや猫が、と幼女は叫んだ。
七十年もの記憶を妻は今日も追っ掛けて行く。

子雀

我と来て遊べや親のない雀――一茶
雀は一週間たらずで親離れするという。
くちばしからくちばしへ、
餌をやる親子の風景は束の間だ。
親のない子雀が四、五羽、群れだって、
通行人の靴先を、飛び上がっては散ってゆく。
蒼空を遠くも高くも飛べない孤児たちよ。
我と来て食べろや親のない雀。

玄米茶の茶殻やパンの耳を刻み、
小庭の隅に毎朝置いてあるよ。
小鼠も餌を目掛けてチョロチョロしてるから、
喧嘩をしないで食べておくれ。
物干し竿がフンで汚れる、鼠は困る、
人間は毎朝喧嘩だが、やっぱし、茶殻と耳は刻んでる。
雀や鼠がいなくなりゃ、人間だっていなくなる。
我と来て遊べや親のない雀。

フィラデルフィアの独立公園の雀たち、
ベンチでパンを食べていると寄ってくる。
手のひらのパンくずも、飛びながら食べたがる。
パリの雀もベルリンの雀もストックホルムの雀もそうだった。
一週間で親離れした日本の子雀は、ちょっと欧米の雀に似てる。
欧米の雀が人を恐れぬほどには、日本の子雀は人になつかないけれど、
親のない雀のあわれさが、雀にも人間にも受け継がれて、
雀の子そこそこのけハイヤーが通る。

だれも信じない話

今年も国会の予算が通らず、
専任採用は見送り、やはり非常勤講師でと、
主任教授は気の毒そうに何度言ったか。

何年目かに予算が通り、四月の開講初日、女子学生が挙手して起立した。

「私たちは、先生の助教授就任を大変うれしく思っております。」

拍手が湧き、赤くなって頭を下げた。

今は、だれも信じない話である。


東北の熱い夏の集中講義、一コマ九十分、一日四コマ。

国立大学の廊下はひび割れて地面が見えた。

冷房のない教室は、受講学生でいっぱいだった。

出欠無用、講師と学生は汗びっしょりの一体だった。

休憩時間が終わって立つと、教卓に紙片が置いてあった。

「先生、私たちも頑張ります。先生も頑張って下さい。」

だれが置いたか、にっこり笑うとみんなも笑った。

今は、だれも信じない話である。

教授に昇格して学生対策の委員長に選出された。
民青の集会場に革マルと中核が突っ込んだ。
委員長が担ぎ出す民青の幹部を、追ってきた学生らが足蹴にした。
全共闘は大学をバリケード封鎖し、
大学は機動隊を呼び込んでロックアウトした。
浅間山荘に立てこもる前に、子を宿した女子学生を埋め殺した。
初雪が舞いはじめ、講師も学生も窓側を向いて微笑んだ記憶。
今は、だれも信じない話である。

写真と本人

その役所に採用された。

登庁すると、少しは知られているだけに好奇の目を感じた。

所長がとくに好意的だった。

昔、ちょっと知られていたらしい所員が二人黙って窓際にいた。

トイレに入ると、サンダルに履き替え、タイルの飛び石

　伝いに、
穴まで近づいて放尿するが、穴は大きく螺旋形に明るく
　湾曲していて、
落っこちたら、二度と這い上がって来られないんじゃな
　いか？

二、三日したら、採用書類の写真と違うという噂が立っ
た。
高校で習ったという女子職員が呼ばれて、
「御本人のようにも思われますが、――」とあとを濁
　した。
ますます写真と本人とが違うという話になり、所長室に
　呼ばれた。
天井の火災報知機がスピーカーになっていて、
そこから所長が直接本人を呼び出すのだ。
所長室へと歩きながら、あの写真はもしかして俺とは違
　うんじゃないか？

あの写真の俺が本当で、この本人は俺じゃないのか、
今の俺は、いつ今の俺になったんだろう、
入所したその日か、入所して二、三日たってからか、
とにかく、あの写真で採用したのだから、
写真と違うなら、本人じゃないから採用は取り消しだ。
所長の言い分に従えば、所長の採用写真も今の所長とは
　違うんじゃないか？
所長室へと歩きながら、俺も所長も所員も役所もみんな
　違うんじゃないか？

成都の人へ

成都に来て、
私はにわかに年寄りになりました――
成都で会う人ごとに私はこう言った。
不要《ブヤオ》と言うのに、
私の腕を放さず、右手に小旗を掲げ、
都江堰の揺れる、長い吊橋を、
しっかり歩いて行った若いガイドさん、

あなたの凛々しい横顔は、
あなたのしなやかな長身は、
去年の夏の日のまま、あの揺れる、長い吊橋を渡ってい
ますか。
（とんでもない――震源地に近い都江堰の吊橋だなんて）
（あの陽光と観光客で溢れていた都江堰だなんて）
（あなたは何も知らない――私の弟が生き埋めになって
いるかも知れないことを）
（あなたは何も知らない――私がもう吊橋を永遠に渡れ
ないかも知れないことを）

成都の銀行で、
換金出来ないと言われた私が、
不要と言うのに、
係長と大学新卒の行員が自分の車に乗せて、
本店へ、そこでも出来ずに、他銀行へ――
軽自動車の助手席に部下を乗せ、後向いて年齢を尋ねた
りする係長、
英会話の機会が出来、私を案内するのが楽しくて堪らな
い青年行員、
あなたがたの、親切で善意溢れる眼は、
あなたがたの、温和で爽やかな笑顔は、
去年の夏の日のまま、あの小さい車で成都の街を走って
いますか。
（とんでもない――震源地に近い文川県の家から今成都
に通うなんて）
（あの陽光と緑に溢れていた平和な成都や郊外だなんて）
（あなたは何も知らない――係長の両親の家は堰止め湖
の底かも知れないことを）
（あなたは何も知らない――中学教師の私の恋人が瓦礫
の下かも知れないことを）

成都で生まれ育ち、
四川の大学に共に学んで、
日本の大学院に夫婦で留学し、
去年もそれぞれの母を見舞って帰省したTさん夫妻。
今は保存地区指定の、昔暮らした家並を案内してくれま
したね。

子供の時から両親と行っていた餃子の店も昔のまま、
麻婆豆腐発祥の店も昔の場所、店主の老夫妻も昔の人の
　よう。
私までが我が故郷のように懐かしくて堪らないあの成都
　の街。
劉備・張飛・関羽の武候祠、杜甫の暮らした杜甫草堂。
去年の夏の日のまま、今年も子供時代の成都の街を二人
　で歩いていますか。
（とんでもない――母との連絡も取れ、安否もすっかり
　分かっているなんて）
（あの白雲たなびく峨眉山の、ご一緒したロープウェイ
　だなんて）
（あなたは何も知らない――四川大地震はとうてい日本
　ではうたえないことを）
（あなたは知っている――成都には優れた「重傷の都
　市」の女性詩人のいることを）

春の灯台

小柄な灯台守のじいさんは、
大きな双眼鏡を袈裟懸《けさが》けに、
春の夜明けの浜辺を急ぎ、
水漬《みづ》く磯道、墓場を三つ過ぎ、
山路を匍うようにエンドの鼻へ、
断崖の上の足摺りさんにたどりつく。

息継ぎながら弘法大師の絵姿拝み、
海に向かって重い双眼鏡を構え立つ。
春はあけぼの無人の羽節灯台は、
点灯異状なし、レンズ回転異状なし、
大きな伜《せがれ》は今朝も元気だ――。
じいさんは足摺りさんの石で一服する。

じいさんはもういない。
暴風雨《しけ》だろうが旗日《はたび》だろうが、
夜明けの道を往復したじいさんの姿は見られない。

羽節灯台とエンドの鼻の間の狭い水路を、
戦艦や潜水艦が通過していたころのことだった。
徴用船が別れを惜しんで日の丸振ってたころだった。

戦争が終わって復員してきた少年は、
春の夜明けに一度見かけたじいさんのことは忘れてた。
羽節灯台の毎朝の観測がいつ中止になったのかも知らなんだ。
エンドの鼻から夜明けにいつも見守る人がいたのだった。
春風に吹かれながら、羽節灯台は今日もまた、
夜明けにいつも来てくれた小柄な親父《おやじ》を憶い出している。

（『蒼空』二〇〇九年思潮社刊）

詩集〈月の海〉から

月の海

月の海
黒く輝く広い海
桃の花に乗った女の子が
両手で小枝の両側をしっかり握り、
唇を小さく噛んで、静かな海を流れて行きました。

月の海
黒く輝く広い海
柏の葉に乗った男の子が
両手で葉の両側をしっかり摑み、
唇を固く閉じて、滑らかな海を流れて行きました。

次々と桃の花に乗った女の子が続きました。
次々と柏の葉に乗った男の子が続きました。

あの町、この町、流されて、日が暮れて、
あの子供、この子供、流されて、日が暮れて、
（お家《うち》がだんだん遠くなる、遠くなる、）
（今来たこの道、帰りゃんせ、帰りゃんせ、）*

子供らの魂を乗せた桃の舟、柏の舟は、次々と、
黒く煌めきながら、遙かな月の海を流れて行きました。

*野口雨情「あの町この町」より

夏の蒼空から

夏の蒼空から、
還らぬ神の編隊が、
音もなく還ってきた。
血塗れたマフラーを外し、
燃え千切れた飛行服を脱ぎ捨て、
裂けた半長靴《はんちょうか》から足を抜いて、
少年たちの魂が、
しずかに還ってきた。

南の空から、
燕や隼の渡り鳥の編隊が、
羽音もなく還ってくるように。

夏の蒼空から、
還らぬ神の編隊が、
音もなく還ってきた。

着陸すべき滑走路は水に浸され、
止まるべき樹々や帆柱は折れ曲がり、
憩うべき瓦屋根も甲板も押し流されて消え、
空を仰ぎ見る人々の影もなかった。
父母、弟妹を護ると言って飛び立った少年たちは、
しずかに還ってきた。
永遠に着陸できない少年たちの魂は、
宇宙の神にインスパイアドされながら、

疲れ果てて寝入った父母、弟妹たちを、
深い深い夏の蒼空から見護っている。
燕や隼が高く舞いながら、
夏の蒼空から人々を凝っと見詰めているように。

旅人算の彼方

時速四キロの旅人Aが、
午後三時に出発した一時間後に、
時速六キロの旅人Bがあとを追った。
旅人Bは何時に何キロ先でAに追いつくか。

旅人A少年が松並木にかかったとき、
白い衣をまとった美少女と出逢った。
逢った刹那に、二人は恋を自覚した。
松風がかすかに吹き、松の香りがかすかに漂っていた。
少女は白い衣のはしを少年の首に巻き、
細い両足で地上をそっと蹴った。

二人は夕暮れの蒼空に浮かび、しずかに昇っていった。

午後六時、出発点から十二キロの地点で、
旅人Bは、旅人A少年が白いマフラーを首に巻き、
羽衣の少女と共に、夕暮れの蒼空を昇ってゆくのを見た。
旅人Bは、AB二人の旅が二度と故郷に還らぬ旅であると知っていた。
旅人A少年は、身を捨てる瞬間に天女に出逢ったのだ。
旅人Bは、先に逝った旅人A少年が今も天女と共に蒼空にあると信じた。

旅人Bは、旅人A少年よりも旅の学校で少し後輩だった。
旅人Bは、旅人A少年が蒼空へ行ってしまったことを、
旅人Bは、旅人A少年がなぜ蒼空へ行ってしまったかを、
だれも知らない、だれもが覚えていないことを悲しんだ。
松並木に、松風がかすかに吹き、松の香りがかすかに漂う、
そんな故郷を、そこに住む父母を、弟妹を、護るために、
旅人Bは、旅人A少年が還らぬ旅に出たことを知ってい

た。

故郷を愛したA少年の故郷には、もう松並木はない、父母もいない。

しかし、弟妹たちは今も廃墟のなかで必死に生きようとしている。

不老不死のA少年は、少女のままの天女と蒼空から凝っとそれを見護っている。

間もなく旅を終わる旅人Bは、そのときまでひとりA少年を追いつづけるだろう。

東北の夏、敗戦の夏

また夏が来た。六十七年目の夏。

昭和二十年八月十五日。岩手山麓、厨川《くりやがわ》近く、炎熱の昼、全員集合がかかった。

向かいの戦車隊のキャタピラの響きは跡絶《とだ》え、営門に立つ柳の大樹の緑が濃かった。

中隊付きの、若いのにしょぼくれた中尉が、軍袴を穿かず、薄青い袴下《こした》のまま長靴《ちょうか》を穿いて出てきた。

帝国陸軍もあれじゃお仕舞いだと少年たちは囁いた。

中尉は全員集合の意味を既に知っていたのだろう。

二重窓の東北の兵舎、暑い内務班の寝台に横たわり、昼日中《ひるひなか》には許されぬ姿態で、窓越しの蒼空を凝っと見詰めていた記憶。

蒼空の奥に生きる特攻に散った少年らの幻は、まだ見えてはいなかった。

蒼空から突っ込んでくるグラマンF6F操縦士の紅顔も浮かばなかった。

倉庫から食料品など盗み取る者は、叩き斬れの命令が出た。

無気味に痩せた内務班長の曹長が、両刃《もろは》の鋸でビンタを始めようとした。

軍曹が中止を懇願、曹長が去るまでの恐怖は、今も消えぬ頬の痣だ。

敗戦だからこそ、鋸ビンタを生み、軍曹は懇願出来、曹長は去った。
梱包した毛布を担ぎ、金平糖入りの乾パンを詰めた雑嚢と水筒を肩に掛け、
帯剣・帯革なしの丸腰のまま、盛岡駅で列車の窓から押し込まれたあの夏。

岩手山を頂点とする巨大な連峰が走る奥羽山脈。
北上山地の先に広がる海原、太平洋、三陸海岸。
岩手を豊かに縦断し、石巻湾に注ぐ大河北上川。
奥羽越列藩同盟を結成し、会津藩を支えて、薩長連合軍に敗れた東北。
白河以北一山百文《ひとやまひゃくもん》と言われ、南部藩士の子弟原敬が一山《いちざん》と称した東北。
明治元年十月、北上する幕府軍艦開陽丸の士官中井初次郎、石巻に死す。
東日本大震災、石巻の小さな入江、中井初次郎の墓、入江の人々、今いずこ。
塩飽《しわく》出の中井の墓から気仙沼へ。妻がうずくまってしまった魚市場、今いかに。

昭和二十年三月、目撃した東京大空襲の焼け原を黒々と流れていた隅田川。
敗戦の夏、黄色く流れていた北上川、大津波後の石巻を黒々と流れていたか。

授乳

昼前の初夏の日差しの狭い橋を、赤ん坊を背負った老女が行く。
健康で重い男の子の赤ん坊を背負って祖母は、肩を揺らして足を運ぶ。
橋を渡ると、二筋道、老母は右の道をしっかり歩いて行く。
町工場続き、ときに小店がある道を背中を揺り上げては歩いて行く。
小学校の裏の通用門に辿りつき、「さあ着いたよ」と入って行く。

すぐのところに用務員室、「今日は」と上がり口に坐って赤ん坊を下ろす。
鐘が鳴って、子供らの声が響いて、間もなく母親がやってくる。
赤ん坊は若い豊かな乳房から、ぐいぐいと音が立つように一気に飲む。

昔の道を辿る。
住んでいた酒屋の裏の家はなかった。
子供が生まれた産院もなかった。
向かいの銭湯も、帰りを待ち合わせた植込みもなかった。
橋に来た。
橋は歩道、車道のある広い橋になっていた。
昔の狭い道を、孫を背負った祖母が歩いて行く。
追い付こうとして、急に涙が溢れてきて、立ち尽くす。
孫を背負った祖母は、初秋の日差しの狭い橋を渡り切り、右に折れて、消えて行った。

亀井大尉

時として、亀井大尉を思い出す。
十五歳の　少年復員兵に対するあの好意は何だったのか。
亀井大尉といっても階級章は外し、将校服に長靴《ちょうか》だけだったが。
昭和二十年八月末に復員し、善通寺の復員局へ行ったのだった。
対応したのが亀井大尉、若々しい青年将校そのものだった。
履歴書の賞罰欄を見て、すぐ、君は進学すべきだと強く言った。
陸軍航空総監賞受賞、亀井大尉は確信した。
母校丸亀中学校校長室、亀井大尉は私を連れて小島校長に会った。
丸中——陸士の優等生、校長は一応耳を傾けて、丁重に断わった。
廊下にはみ出す机、机、机、丸中の復員生徒も入れない……

口実には、今更陸士でもない、まして中学生でもなかった島の子……
師範学校はどうですか……

亀井大尉からの返事には、後輩の陸士生徒の手紙も入っていた。
達筆で記されていた生きる覚悟。一人称の「豚児《とんじ》」が珍しかった。
父が調達した釜ゆでの大だこを提げて、坂出の亀井大尉の自宅を探した。
味噌屋だったか、広い店の土間で家人は大だこに面食らったようだった。
あれから何度探しても、亀井大尉の実家さえ全く判らなくなった。
あれほど強く進学を勧めてくれた亀井大尉、韓国へ行ったという情報もあった。
朝鮮戦争に巻き込まれたのでは？　亀井大尉にその後の自分を知らせたい。
東京高等師範を出て、丸中校長、県教育長と進んだ小島校長とも話したい。
あの塩飽の少年も何とか進学して、小島校長とも案外近い所で生きてきた。
戦後茫々七十年、時として亀井大尉を思い出す。

プロペ通り

春の日暮れのプロペ通り。
日本最初の飛行場ができた町。
夕陽に光る眼鏡の男の腕によりかかって、
草色のショートパンツの若い女が来る。
夏になり、暗くなり、道幅が狭くなり、
空軍徽章が夕日に光る黒人兵士の腕によりかかって、
赤や緑の原色の女が来る。
Don't loiter ! Don't loiter !
(日本人は基地周辺をうろうろするな！)
さらに暗くなり、飛行場の正門に近づく。
操縦徽章が夕闇に光る特攻隊員の少年と擦れ違う。

航空生徒は生涯唯一度の思いで、勢いよく挙手敬礼をする。

秋の深い蒼空になり、プロペ通りは人で溢れる。

「救急車!」、ベビーカーのママの腕によりかかって、髪にピンクのリボンの女の子が叫ぶ。

救急車はブブーと応え、「道をお開けくださあい」と擦れ違う。

「お巡りさん!」、ベビーカーのママの腕によりかかって、指をささずに、女の子が叫ぶ。

若い警官は、生涯唯一度の笑顔で、勢いよく挙手敬礼をする。

冬の夕暮れのプロペ通り。

(生き残った最後の陸軍少年飛行兵なんだ!)

あえて杖を持たず、擦れ違う人もなく、
老いた航空生徒は、ひとり蹌踉とプロペ通りの外れを行く。

細い影がしだいに航空公園の夕闇に溶けて行く。

無頼の眠りたる墓

昭和五年の冬、父の病を看護して故郷にあり。人事みな落魄して、心激しき飢餓に堪えず。ひそかに家を脱して自転車に乗り、烈風の砂礫を突いて国定村に至る。忠治の墓は、荒寥たる寒村の路傍にあり。一塊の土塚、暗き竹藪の影にふるえて、冬の日の天日は暗く、無頼の悲しき生涯を忍ぶに耐えたり。我れ此処を低回して、始めて更に上州の粛殺たるを知れり。

路傍に倨して詩を作る。

自転車で行ったというこの「詩篇小解」もいいが、詩篇ときたら、空前絶後の絶品だ。真似することなど出来やあしない。ここで引いたら、おしめえだ。お手上げだ。

平成八年の夏、佐波郡東村国定。忠治の墓は三十九度の猛暑の中だった。東京・雑司が谷の鬼あざみ清吉の墓、両国・回向院の鼠小僧次郎吉の墓、みんな角が欠けて丸くなっている。忠治の墓もそうだった。欠いた石切れの粉を舐めるらしいのだ。それを防ぐためか、忠治の墓は鉄柵で囲まれていた。未だに牢獄の中、無頼の悲しき生涯だ。巣鴨・真性寺の北条霞亭の墓も、鷗外史伝、頼山陽筆ゆえか、拓本防止に金網掛けて牢獄並みの扱いだ。冬の日の天日暗くとは反対に、真夏の灼熱の太陽のもと、無頼の眠りたる墓は、明らか過ぎるほど明らかだった。

平成四年の春、佐波郡玉村の女子大に来たときは、国定忠治よりも羽鳥千尋の墓に直行した。鷗外に長い長い手紙を書いた若者だ。千尋が死んだあと、鷗外は手紙を簡素に書き改めて「羽鳥千尋」を書いたのだ。大正元年「中央公論」。昭和四十一年に来たときは、四角の切り石ひとつの墓だった。弱々しい冬の日ざしが薄い影を作っていた。それが何もないのだ。切り石ひとつもなかったのだ。無頼の墓は鉄柵に囲まれて明らか過ぎるほど明らかで、苦学の優秀な医者の卵の墓は、あとかたもない。羽鳥千尋の墓のあった近くを走る日光例幣使街道。忠治は例幣使街道玉村宿を、子分と共に走り抜け、賭場と殺しに明け暮れた。

嘉永三年の冬、忠治は上州・大戸の関所破りの罪で磔になったという。四十歳。
嘉永六年の夏、黒船四隻、浦賀の沖にやって来た。江戸は大騒ぎ。忠治によく似た旅人《たびにん》が、横浜あたりにやって来て、異人相手にピストル懐中して、賭場を開いてるっていう噂がたったのは、嘘かまことか。港の真っ青な空に鷗が舞ってるのを、男がよく眺めていたっていうのは確からしい。何しろ、上州には海ってものがねえんだからねえ。

京の夕暮れ

京は七条鞘町通り、
昭和十九年三月末の寒い夕暮れ、
四国は丸亀港町通り、路地裏の寒い夕暮れ。
息子に死なれた伯父が路地裏の長屋にひとり病む京の夕暮れ。

黒い胃の中には赤い八重椿がひそかに咲いていた。
にこやかだった顔は黒ずみ、手は干枯びていた。
ひとり看取った二十三歳の姉の米も薪もない青春、京の
　夕暮れ。
京阪七条から探しあてた一間きりの長屋の暗い一画に、
父と十四歳の私が坐ったのは大津の航空学校入校三日前
　だった。
「四月二十五日、本日父の面会ありと言はれし時、
ハッと胸をつくものありき。
そは伯父の死亡の知らせなりと思ひたればなり。
午後面会せば果たしてそのことなりき。
我が幼少の頃より今日まで可愛がつて呉れし伯父なり。
その死を聞きたる時、瞼に迫り来るは涙なり。
然れども、涙を瞼の底にて止どめたり。
別れし時、病床より激励せし伯父の霊に、
よき陸軍生徒となることを誓ふ。
（「僕の日記」京都新聞掲載より）
京は七条停車場、
明治四十年三月末の寒い夕暮れ。

東京よりひとりの男が下り立った。
「汽車は流星の疾きに、二百里の春を貫いて、
行くわれを七条のプラットフォーム上に振り落す、
余の踵の堅き叩きに薄寒く響いたとき、黒きものは、
黒き咽喉から火の粉をぱつと吐いて暗い国へ轟と去つた。
明治二十五年七月八日、七条停車場、
二十五歳の漱石と子規がはじめて下り立った。
麩屋町の宿柊屋を出て、清水堂から見はるかす京の夕暮
　れ。
子規はセル、漱石はフランネルの制服を着て得意そうに
　歩いた。
路地裏に入り込み、妓楼の穴から声をかけられた青春、
　京の夕暮れ。
「あゝ子規は死んで仕舞つた。糸瓜の如く干枯びて死ん
　で仕舞つた。
「此淋しい京を、春寒の宵に、疾く走る汽車から会釈な
　く、
振り落された余は、淋しいながら、寒いながら通らねば
　ならぬ。

南から北へ——町が尽きて、家が尽きて、灯が尽きる北の果迄通らねばならぬ。

（「京に着ける夕」より）

（『月の海』二〇一四年思潮社刊）

評論

高村光太郎　国家と天皇と父と

1「父の顔」

父光雲が死去したのは昭和九年十月、光太郎五十二歳のときである。智恵子に精神分裂の徴候が現われたのは昭和六年で、満州事変のはじまった年であり、翌年智恵子は自殺未遂、病状は悪化をたどり、九十九里浜転地を経て、昭和十三年、ゼームス坂病院で死去する。高村豊周は『光太郎回想録』（昭和三十七）において「二つの死──父と智恵子と──」の章を設け、「智恵子が刻々悪くなるのと、父の倒れるのとが重なっていて兄は二重の心配だったと思う。智恵子を九十九里に転地させたのも、もし父に万一のことがあったら、智恵子をかかえていてはどうにもならないという気持が、強くあったのだろう。」と記している。迫ってくる「二つの死」を前にした光太郎の内部が問題になるだろう。

「いま、お父さんしっかりしなければ駄目ですよ。規もだんだん面白くなって来るし、君江さんは今月赤ちゃんが出来て、その赤ちゃんで孫が二人になるんだから、元気を出して下さい。孫達に囲まれて、これから楽しい生活が出来るようになるんですよ。豊周は今年はじめて、帝展の審査に出る。藤岡も初入選だし、高村家万々才なんだから、お父さんしっかりしなくちゃ駄目ですよ。」──死去の前々日かに父光雲をはげましている光太郎のこのことばの真率さをうたがうことはできない。弟豊周に家督を譲って自分は智恵子と二人だけの「近代」的生活に入っていった光太郎はいま父の死を前に、豊周の子供たち、豊周の帝展審査員、身寄りの者の初入選などをあげつつ、「高村家万々才」「楽しい生活」を言って父をはげましている。その光太郎の内面には何があったか。「家もいらない、地所もいらない。それから父の残す財産、動産であれ不動産であれ、何一つ自分は欲しいと思わない。その代り親戚からも、父の弟子達からも、全部から解放してもらいたい。自分は家事から一切手を引くが、道利には出来そうもないから、それは豊周にやってもらうより仕方がない。惣領として自分がやらなければならない一切を豊周に任せる。だから自分をうっちゃって、一人きりにして置いてくれないか。」――同じ回想が語る明治四十四年ごろの光太郎だが、智恵子と出会うのはこの直後である。いわゆる『道程』前期の苦悩・混沌の時代であるが、「光雲還暦記念像」製作にかかわる詩「父の顔」も明治四十四年の作である。

父の顔を粘土《どろ》にてつくれば
かはたれ時の窓の下に
父の顔の悲しくさびしや

どこか似てゐるわが顔のおもかげは
うす気味わろきまでに理法のおそろしく
わが魂の老いさき、まざまざと
姿に出でし思ひもかけぬおどろき
わがこころは怖いもの見たさに
その眼を見、その額の皺を見る

つくられし父の顔は
魚類のごとくふかく黙すれど
あはれ痛ましき過ぎし日を語る

（「父の顔」第一連・第二連）

父と子との間に横たわる「理法」をいまさらのように見いだしたおどろき。「あやしき血すぢのささやく声」（第四連）ともあるように、詩人は父と子との宿命的な血のつながりから逃れることはできない。「魚類のごとくふかく黙すれど／あはれ痛ましき過ぎし日を語る」の二行は、江戸末期に合羽橋の近くで生まれ、浅草蔵前の仏師屋で徒弟奉公、そのなかから木彫ひとすじに生きてきた光雲を深くとらえている。それは父に象徴される「痛ましき」日本的現実・伝統でもあるが、この詩においては、それとの拮抗・対立よりも、切っても切れぬつながりが深く意識されている。むろん対立が意識されているからこそ、逆に血のつながりもまた意識されざるをえないのだが、死を前にした父をはげます光太郎の内面に、「あはれ痛ましき過ぎし日を語る」とうたった意識はつながっていたはずである。

「頬骨が出て、唇が厚くて、眼が三角で、名人三五郎の彫つた根付の様な顔」(「根付の国」)の日本人は、父であり、また「わが魂の老いさき、まざまざと／姿に出でし思ひもかけぬおどろき」を見いだした光太郎自身でもあった。「RODIN の彫刻を見る時ばかりは僕の心にも花が咲く。」(「出さずにしまつた手紙の一束」)という、ロダンに象徴される西欧の芸術伝統に深くひかれながらも、光太郎はかたときも日本的血脈を忘れることはできない。みずから制作した父の塑像に「あやしき血すぢのささやく声」を聞かざるをえなかった光太郎の苦悩は、

何処《いづこ》にか走らざるべからず
走るべき処なし
何事か為さざるべからず
為すべき事なし
坐するに堪へず
脅迫は大地に満てり
(中略)
ああ、走るべき道を教へよ
為すべき事を知らしめよ
氷河の底は火の如くに痛し
痛し、痛し

とうたう、「父の顔」と同年作の「寂寥」にも明らかである。しかし、「父の顔」という自己の製作にかかわるこの詩に、たち切りえない父と子の血脈をうたっていることに、従来重視されてきた対立の側面とは逆の、光雲・光太郎の深いつながりをあらためて思わざるをえないのである。

2 父光雲の血脈

戦後、光太郎は「父との関係」(「アトリエにて 2・3・4」昭和二十九)という文章で、「「父と子」の問題はギリシヤこのかた、この世に於ける最もむつかしい、解決に苦しむ関係の一つである。」と書き出しつつ、「小さくはあるが、私たちも亦私たちなりに苦しんだ。」と言い、一度はきれいさっぱりと精算しておこうと思うと

して、しみじみ語りはじめている。

　静かに考へてみると、結局父光雲は一個の、徳川末期明治初期にかけての典型的な職人であつた。いはゆる「木彫師《きぼりし》」であつた。もつと狭くいへば「仏師屋《ぶしや》」であつた。仕事の種類からいつて、仏師屋の縄張をはるかに突破したやうな、例へば「楠公銅像」とか、「西郷隆盛銅像」とかいふものを作つても、その製作の基調はやはり仏師屋的であつた。又その気質なり人柄なりに於いても完全に職人の美質と弱点とを備へてゐた。その職人的人生観は晩年に至るまで変らなかつた。仕事のことにかけてはどんな権力にも人情にも負けない職人気質の一徹さがあると同時に、世間的の栄誉にかけてはひどく敏感であり、自己の帝室技芸員従三位勲二等といふやうな肩書を大層大事にして、彫刻の箱書に一々それを書くといふ町人根性を持つてゐた。

　木彫師・仏師屋としての光雲から連想されるものに、露伴の『風流仏』（明治二十二）の主人公珠運がある。

「爰《こゝ》日本美術国に生れながら今の世に飛騨の工匠《たくみ》なしと云はせん事残念なり、珠運命の有らん限りは及ばぬ力の及ぶ丈《た》ケを尽してせめては我が好《すき》の心に満足さすべく、且は石膏細工の鼻高き唐人めに下目で見られし鬱憤の幾分を晴らすべし」とちかいを立て、二十四歳で彼は修業の旅に出る。明治二十二年現在で言えば、光雲は三十八歳で、珠運よりひとまわり年長となるが、ここにはむろん数え年二十三歳の作者露伴がいる。西欧の彫刻（石膏細工）の伝統に対し、木彫の日本美術国の伝統が強く意識されている。この露伴の国粋主義は、光雲にも意識されていなかったとは言えない。

　維新以後、廃仏毀釈の世情から仏師屋はまったく路頭に迷い、光雲は野師に頼まれて五丈の大仏を丸太で作ったり、酉の市の熊手を作って店を張ったりして悪戦苦闘したと光太郎は言い、「彫刻にかけては木彫の本拠を守り通した。仏師屋の木彫の仕事はなくなつたが、ヨコハマの外人向の象牙彫は大繁昌で、貿易商は父に目をつけて、象牙彫をやらせようとして牙材をあづけていつたり、利を以て誘惑しようとしたりしたこともたびたびであつたが、父はやつぱり象牙を手に取らなかつた。」（前掲「父との関係」）と述べている。「日本美術国」の伝統といつたことばを用いなくとも、「職人気質の一徹さ」それ自体が「日本美術国」の伝統の固守となるのである。露伴のモチーフもそこにあつたはずだ。この国粋主義は容易に国家主義となりうるものであり、光雲の場合、「帝室技芸員従三位勲二等」の意識にもそれはあらわれている。

「美術史上から見ると、明治初期の衰退期に彫刻の技術面に於ける本質を、父の職人気質が頑固に守り通して、どうやらその絶滅を防いだことになる。彫刻の技術上の本質については無意識のうちに父は伝統の橋となつた。」（前掲文、傍点原文）と光太郎は評価しつつも、「父の作品には大したものはなかつた。」と言い、丁稚奉公時代に作つた「犬の首」などには「青年の純粋な、真剣な意気込が感じられ、又自然の美にめざめた者の驚きとその美へのひたむきな肉迫とが見てとれる。これは時代的にも意義がある。」と称賛して、美校教授以後の仕事は語るにたりないとしている。「かういふ父のもとで私は育ち、成人してからだんだんに異質となり、つひに芸術上で反逆を起し、しかも血縁上の情愛から即かず離れずの苦しい年月を送つた。父の期待や母の希望をまつたく裏切り、文字通りの不肖の子となつた親不孝者が私である。」――以下、留学、帰朝、デカダン、智恵子といつた半生の回想になつていくが、この短かからぬ「父との関係」の文章が、駒込のアトリエにおける智恵子との窮乏生活、「両親にも分らず、友人にも知られない貧との戦を押し通して、ただめちやくちやに二人で勉強した。」の記述につづいて次のように結ばれているのはどうだろう。

> 一九二四年（大正十三年）頃からふと又木彫をはじめ、これが父の気に入り、又世人にも迎へられ、木彫を作ればともかくもいくらかの金が確実にとれるやうになつて、父も少し安心したやうであり、又智恵子も追々母に好かれるやうになつて母も満足した。

ふと木彫をはじめたことの意味、木彫の「伝統の橋」

となった父との関係はどうなるのか。「これが父の気に入り、又世人にも迎へられ」とすらり書くには、あまりにも、自身は苦しんできたのではなかったか。智恵子が狂死にいたる遠因になったとさえ考えられる閉鎖された窮乏生活。「ただめちゃくちゃに二人で勉強した」結果は、父に回帰することだったのか。このころと「父との関係」執筆の間には、むろん太平洋戦争が介在しており、父も智恵子も失った光太郎は、いわば素手で戦争にむかわねばならなかったのだが、期せずして、かつての父と同じく、国家権力の側にふくまれていくのは木彫の問題と無関係ではないのだろう。弟豊周は語る。

そういう血の問題、親と子の生れつきの問題は技術の面もはっきりあるので、例えば根付などと言って、兄はけなしているけれど、兄の木彫は、その伝統から血を引いていて、自分で払いのけようとしても、無意識の内にひき込まれている。だからむしろ僕などは、逆説的な言い方だが、根付などの仕事に正当な伝統と体験をもっと高いものに向上させたのが、兄の仕事だと言っていいのだと考えている。

「これは親父の言ったことだな。」と感じる個所が兄の書いたもののなかに方々あるとも述べており、「気質の上でも、兄が父に負うところは、思いの他に多いと僕は思っている。」と言い、魚屋や床屋に彫ってやるような父の庶民根性が兄のなかに流れているとも述べている。「父は兄が追いつかないほど大きな人間、世紀に何人しか出ないという人間だった。」という豊周氏のことばが奇異に聞えるとしたら、日本的血脈の重さ、伝統の深さをやはり「近代」的にしかとらえていないことになるのかもしれないのである。

3 「天皇あやふし」

天皇あやふし。
ただこの一語が
私の一切を決定した。
子供の時のおぢいさんが、
父が母がそこに居た。

少年の日の家の雲霧が
部屋一ぱいに立ちこめた。
私の耳は祖先の声でみたされ、
陛下が、陛下がと
あへぐ意識は眩《めくるめ》いた。

周知の「暗愚小伝」（昭和二十二）の一節（「真珠湾の日」）である。このあとにつづく「身をすてるほか今はない。／陛下をまもらう。／詩をすてて詩を書かう。／記録を書かう。／同胞の荒廃を出来れば防がう。」などの部分、とくにこの後三行などは、戦後の発想があらわに見えて読みにくいが、「暗愚小伝」には「土下座」における「眼がつぶれるぞ」の声や「御前彫刻」における「父は風呂にはいつてからだを浄め、／そのあした切火をきつて家を出た。／天子さまに直々《ぢきぢき》ごらんに入れるのだよ。／もつたいないね。」とか、「遼東還附とかいふことで／天子さまがひどく御心配遊ばされると、／父はしんから心おそれた。」（「建艦費」）など日本近代史をたどりつつ、天皇と父と自身の関係がかなり平板にうたわれている。戦後の自己流謫の意味は軽視しえないとしても「暗愚小伝」ではすでに劇はおわっているのだ。光太郎はその戦争詩において「天皇あやふし。」の危機意識を表現したりしてはいない。敗戦直前の昭和二十年七月十八日作「勝このうちにあり」でも、敵の無量の火網に包囲され、「本土四辺の島嶼まさに切断せられんとす。／これ窮極最大の決定戦なり。」と認識しつつも、「乾坤震駭の神機なり。／勝このうちにあり。徹底をきはめずんば神通《じんつう》せず」とうたっている。まして開戦時の〝真珠湾の日〟ではなおさらだ。意識があっても「天皇あやふし」とは当時うたえなかったのだというのとはちがうだろう。

記憶せよ、十二月八日
この日世界の歴史あらたまる。
アングロ　サクソンの主権、
この日東亜の陸と海とに否定さる。
否定するものは彼等のジヤパン、
渺たる東海の国にして

また神の国たる日本なり。
そを治《しろ》しめたまふ明津御神《あきつみかみ》なり。

（「十二月八日」前半。昭和十六・十二・十）

たしかに単調と言えば単調な演説口調の詩にすぎないが、ここには「暗愚小伝」には見られぬ、ある緊張、「アングロ　サクソン」対「神の国たる日本」という「劇」がある。明津御神＝天皇を根拠としてのアングロサクソンの否定という光太郎の発想には何ら表裏はなかったはずだ。

かつてバーナード＝リーチに呈した詩において「わが敬愛するアングロサクソンの血族なる友よ」と呼びかけ、「君に故郷《ふるさと》あり／余に故郷なし／余は選ばれたる試みの世界に／最も弱きものとして生れたり」（「廃頽者より」明治四十四）とうたった光太郎はどこへ行ったか。彼はのちに「私の敬愛するアングロサクソンの血族なる友よ／シエクスピアを生み、ブレエクを生み／ニユウトンを生み、ダアヰンを生み／タアナアを生み、ビアズレエを生み／そして又、オオガスタス・ジヨンを生んだ血族から生まれた友よ」と呼びかけて、かつての「故郷」なき「最も弱きもの」としての廃頽者たる自己が、「生《いのち》」を発見したとリーチに告げるに至る。この「よろこびを告ぐ」（大正二）という詩では、リーチの「故郷」たる「アングロサクソンの血族」に匹敵する光太郎自身の「故郷」を発見したとはうたっていない。

（前略）
そして私の敬愛するアングロサクソンの民族に告げたまへ
世界の果てなる彼処に今まことの人の声を聞けりと
又、世界の果てなる彼処に今いさましく新しき力湧けりと
ああ、わが異邦の友よ
この力は今小さいが、生《いのち》ある者は伸びずには居ない

（「よろこびを告ぐ」）

「アングロサクソンの民族」に対するのは「日本の民族」ではなく、「まことの人の声」「新しき力」「生《いのち》ある

者」である。「民族」は捨象されているのだ。ところが「十二月八日」の詩では、民族・国家としての「アングロ　サクソン」に対して、「渺たる東海の国」「神の国たる日本」「明津御神」が置かれている。「傲慢なアングロサクソンをつひに駆逐した。／シンガポールが落ちた。／大東亜の新らしい日月が今はじまる。」（「シンガポール陥落」昭和十七・二）ともうたう光太郎はここにはじめて「民族」を発見し、やはり「故郷」を得たのである。ただし、そこでは「敬愛するアングロサクソンの民族」が「傲慢なアングロサクソン」にかわらねばならなかった。

　そのことを光太郎の不幸とか裏切りとか言う前に、あの「故郷」「民族」のかわりに発見したはずの「生《いのち》」のゆくえを見なければならない。「生《いのち》」が『道程』後期をつらぬく光太郎の自立の核であるとすれば、それは戦争詩においては、神国の日本としての「民族」に侵されてしまったということになるのか。

　千万の言葉も
　あなた方の前には無力です。
　生死を超えたまことのいのちを
　ただ、天皇《すめらみこと》のおんためにと、
　（中略）
　ただわれら猛然としてちかふ。
　どんな聖典の教よりもたふとく、
　死んで生きる此の民族の伝統を
　このまことのいのちの教を身に奉じ、
　語りつぎ、いひつぎて、
　われらの道此処にありと
　子々孫々の末にいたるまでの掟と為ませう。
　外に何がありませう。
　ただ無言の感謝と無言の決意とがあるのみです。
　　　　（「特別攻撃隊の方々に」昭和十七・三）

『道程』における「生《いのち》」は「故郷」「民族」とひきかえにあらわれたが、ここでは「まことのいのち」は「民族の伝統」に重ねられている。「万古をつらぬいて大御神《おほみかみ》はおはす。／いのちのみなもとを知るもの力あり」（「みなもとに帰るもの」昭和十七・十一）からすれば、大御神＝天皇のしろしめす神国日本こそ「いのちのみなもと」であり、やはりそこに光太郎は真実、生命の根源を感じていたはずだった。女性をうたった詩が多く、その「生々の力」「不思議の力」を目ざしているのは本能的に彼が「故郷」に近づこうとしているのだろうか。

父にそむき、父に象徴される「民族の伝統」にそむいて、「何を措いても生《いのち》を得よ、たつた一つの生《いのち》を得よ」（「冬の詩」大正二・十二「よろこびを告ぐ」の同年の作）とうたって智恵子と二人だけの孤立の道を選んだ光太郎は、「二つの死」を前にしつつ、すなわち、そむくべき父を失い、拠るべき智恵子を失おうとすることで、「民族」――国家・天皇・父に近づこうとしていた。失うことで父を得たように、智恵子をもまた得た光太郎は『智恵子抄』後半にそれをとどめたが、同時に戦争詩も準備されて行った。中日戦争を契機に光太郎の屈服ははじまったとする以下の吉本隆明氏の卓越した考察を超えることは今なお困難なのだが、「国家観とか、天皇に対する感情とか、あとで自分で反省して書いているが、これは僕にもよくわかる。子供の時から父は何も教育しなかったけれど、無教育の教育というか、自然に家の血に流れているものがあった。」（『光太郎回想』）という、この血脈の問題は、光太郎のみならず光太郎論においても、逃げることも避けることも切りすてることもできぬ、暗く重い存在として迫ってくる。

このことはたとえば、光雲の木彫と光太郎のそれとの比較考察といったテーマにも導くはずのものだが、鯰・蟬・蓮根・桃といった木彫小品に言及しつつ、吉本氏が「かれは、こういう細工物的な対象と、素材が、彫刻といえるものになりうることをしめした、わが国で最初の自覚的な彫刻家であったにちがいない。」（「彫刻のわからなさ」『高村光太郎造型』昭和四十八、傍点原文）と語るとき、そこに丁稚奉公時代の光雲の「犬の首」をくり返し称賛した光太郎がたちまち想起されてくる、といったていの困難な問題に、それはなってしまうのである。

（「国文学　解釈と鑑賞」一九七九年五月号）

「呼子と口笛」の「飛行機」について

啄木の未刊詩集「呼子と口笛」最終篇の「飛行機」について、大塚甲山の「ふる里日記」（明治三十八・八）を引くことからはじめよう。

二月、一人の母に孝養をつくさんと僅か十円の薄給なるにもかかわらず、青森より伴いて上京し、千駄木の片ほとりにささやかなる家を借り栖み、母子これより楽しかるべしと思いし小琴より葉書きたる。読みもてゆけば「母は上京以来兎角すぐれず去る日も大いに吐血し病容拝するに堪えざるにいたれり。余は母を伴いしを悲しむといえども天運いかんともすべからざるなり」と。傷ましいかな、彼は母に孝に、友に忠に、職をつとめ、学を励み、一日の俗務をおわれば、其のまま語学校に赴き、帰りて更に深更まで政治経済を攻《おさ》む。されど残忍なる社会はこの可憐の一少年をして学に専らなるを能わざらしめ、母に仕うる能わざらしむ。彼は来年のはじめ病める母を古里に伴うべしという。何となれば病める母とともに京にある二月《ふたつき》ならば二人同時に餓死すべければなり。

右の一節を読んで、啄木の「飛行機」を思い浮かべる人は多いだろう。

給仕づとめの少年が
たまに非番の日曜日、
肺病やみの母親とたつた二人の家にゐて、
ひとりせつせとリイダアの独学をする眼の疲れ……

小琴というこの「可憐の一少年」の現実は、まさに右の詩の「給仕づとめの少年」のそれにほかならないが、直接の影響などをいうよりも、自らもまた「肺病やみの母親」をかかえて苦闘していた啄木自身の現実認識を見るべきであろう。甲山のこの日記は日露戦争中のもので、息子に召集令状が来て歎き悲しむ村の老母の姿や戦死者の葬式なども記録されており、実に魅力的なものであるが、右に引用した一節などは、啄木が「飛行機」でうたった明治四十年代の現実を先取りしている。

しかし、おそらく短詩「飛行機」が作られた大逆事件前後にあっては、甲山日記にあるような挿話は、そして啄木がうたったような現実は、東京の底辺の随所に見られる情景だったかもしれない。啄木はそれを「時代閉塞の現状」として把握していたのだ。啄木より六歳年長の、この東北詩人は「残忍なる社会」を糾弾しつつ、さらに「世に『立志篇』なるものあり、こわ重《おも》に少年の貧苦とのたたかいののち大なる成功をなせし事蹟をしるせるものなり、我は悲しむ、かかる書の世に存することを。何んとなればこわ、いたずらに社会の残酷と軽薄とを証明する第一憑拠《ひょうこ》たるにとどまればなり。有為天才の少年学を慕う其志豈《あに》賞すべきものに非ずや、しかるに社会はこれに対して何等便宜を与うることなきのみならず、あらゆる苛酷の手段を以て待遇をなし、穴につき落として更に石を下す」云々と社会をはげしく攻撃している。

啄木もまた、そうした上京少年のひとりであったはずだ。国木田独歩は短篇「非凡なる凡人」（明治三十六・三「中学世界」）で、スマイルズの『西国立志編』に感激して上京、刻苦勉励、昼は労働し、夜は夜学校で数学を学び、ついに技手となり、二人の弟のめんどうまで見る桂正作という少年を描いているが、日露戦争・日露戦後にあっては『西国立志編』は甲山の言うとおり、社会の残酷と軽薄を証明するあかしとなってしまっている。啄木は「時代閉塞の現状」で書いている。「我々青年は誰しも其或時期に於て徴兵検査の為に非情な危惧を感じてゐる。又総ての青年の権利たる教育が其一部分——富有なる父兄を有《も》つた一部分だけの特権となり、更にそれが無法なる試験制度の為に更に又約三分の一だけに限られてゐる事実や、国民の最大多数の食事を制限してゐる高率の租税の費途なども目撃してゐる。」あるいはまた「……毎年何百といふ官私大学卒業生が、其半分は職を得かねて下宿屋にごろ〳〵してゐるではないか。しかも彼等はまだ〳〵幸福な方である。前にも言つた如く、彼等に何十倍、何百倍する多数の青年は、其教育を享《う》ける権利を中途半端で奪はれてしまふではないか。中途半端の教育は其人の一生を中途半端にする。彼等は実に其生涯の勤勉努力を以てしても猶且三十円以上の月給を取る事が許されないのである」と。

鷗外が短篇「羽鳥千尋」（大正一・八）で、鷗外に頼って医師を目ざしながら肺結核で死んだ青年羽鳥千尋を悼みつつ、「羽鳥と同じやうな手紙を己によこして、同じ役所の雇員になつて、去年肺結核で死んだ大塚寿助と云ふ男がある。甲山と云ふ名で俳句を作つて、多少人にも知られてゐた。世間にはなんと云ふ不幸な人の多いことだらう。」と甲山を哀惜していることについてはすでにふれているが、この「世間には……」云々の鷗外の一行には、羽鳥千尋と同じくこの年明治四十五年に満二十六歳で死んだ啄木もふくまれていたのではなかったか。鷗外日記の四月十三日（啄木死去）前後には啄木の二字を見出すことはできないけれども、「世間にはなんと云ふ不幸な人の多いことだらう。」という一行から受ける生々しい実感から、啄木への鷗外の無言の哀惜を読みとることができるかもしれない。

かつて中野重治氏は「大塚甲山の墓」（昭和三十・八「新日本文学」）で、前掲「ふる里日記」の末尾を引いて、「村の北なる平和なる邸の上の老いたるオンコの樹の下に、一個無名の土墳を添へん、もし旅ゆく人ここを過ぎなば必ず潸然として一掬の涙をふかく鎖させる土塊の上に濺ぐべき也」――その通りが今である。」と展墓の情を洩らしていたが、三十一歳で啄木の一年前に世を去ったこの社会主義詩人の評価はさらに今後の研究にまつべきであろう。ただ「ふる里日記」と「飛行機」に限って言えば、その差はやはり明らかである。

見よ、今日も、かの蒼空に
飛行機の高く飛べるを。

甲山文にはうかがわれない、少年と母親の現実を前後から挟むこの二行のリフレイン――*。そこにこそ「食ふべき詩」において自然主義批判へと進み、「時代閉塞の現状」において「強権、純粋自然主義の最後及び明日の考察」へと至った啄木の視線と文学的達成があったとやはり言うべきであろう。

「呼子と口笛」とは何か。「「呼子と口笛」という詩集の題名が、あるいは「一斉に起つて先づ此時代閉塞の現状に宣戦」する時、呼子と口笛のように青年がたちあがることを期待してつけられたものにせよ、それは近い将来ではないことを認めねばならぬ。」(「「呼子と口笛」に関する問題」昭和五十・十「文芸研究」)と小川武敏氏は言う。それを認めるとしても、あの「樹木と果実」の発刊の企図に言う「時代進展の思想」を「すぐ受け入れることの出来るやうな青年」が啄木の希求的イメージとしてあったことは否めないだろう。「現時の青年の境遇と国民生活の内部的活動とに関する意識を明かにする事」という志が放棄されていたとは思われない。よしんば、呼子が活動写真のそれに直接拠っているとしても、「我等の一団と彼」の高橋が活動写真館で「国民生活」とともにあったことを想起するとき、そして、そのイメージとは逆の「秋の夜の呼子の笛はかなしかりしかな」をふくむ「創作」初出の第八の詩篇が削除されていることを思うとき、「呼子」は新しく青年、国民にはたらきかけるものとして蘇り、「口笛」は短歌に見られた「十五の我の歌」から、さらに青年のものとなったのではないか。古びたる鞄から国禁の書とともに「若き女の写真」を取り出して「静かにまた窓に凭りて口笛を吹き出した」わが友における「口笛」とも、それはひびき合うものであったはずである。

「見よ、今日も、かの蒼空に／飛行機の高く飛べるを。」を引いて岡庭昇氏は、「見えざる国家はいぜんとして見えないまま、詩人は茫然と虚空を見上げている。」(「啄木と朔太郎」、『石川啄木全集』第四巻「月報八」)と言ったが、啄木にとって「敵が見えざる国家であり、時代を閉塞させる壁は透明な空間でしかない」(岡庭)としても、啄木のまなざしは、「茫然と」ではなく、「啄木の極少化された姿」(森山)である、リーダーの独学をする少年の眼を通して、たとえ「肺病やみの母親」とともに少年が斃れようとも、国家の空間をつきぬける「飛行機」に、「明日の考察」に、向けられているのである。

＊詩人は少年とともに、新しく空に出現した飛行機を仰ぐ視線を有し、〈時代閉塞の現状〉をつき抜けようとする。

日本で飛行機が最初に飛んだのは公式には明治四十三年十二月十九日であり、徳川好敏大尉操縦のファルマン機である。十二月十四日の日野熊蔵大尉操縦のグラーデ機とする新聞報道もあるが、いずれにせよ試験飛行的なものであり、珍らしい事件であった。明治四十四年二月には日本最初の飛行場が所沢に完成、六月十日には徳川大尉による所沢・川越間飛行とその不時着が報じられている。二週間余り後の六月二十七日に「飛行機」を作った啄木には、たとえ不時着などの一時的停滞があろうとも、東京の家々の窓から仰ぎ見ることのできる、今後ますます高く飛ぶべき飛行機のイメージがあったと思われる。

（『石川啄木論』一九八八年九月、おうふう）

透谷詩「露のいのち」について

「露のいのち」は、透谷が最後に発表した詩である（明治二十六・十一・三十「文學界」第十一号）。透谷詩としてはよく知られている蝶の詩篇、すなわち、「蝶のゆくへ」（明治二十六・四・三十「三籟」）、「眠れる蝶」（明治二十六・九・三十「文學界」第九号）、「双蝶のわかれ」（明治二十六・十・三「国民之友」）に続くものである。明治二十七年五月十六日に自死する透谷の最後の詩だというのに、言及はきわめて少なく、橋詰静子『透谷詩考』（昭和六十一・十、国文社）の、ブレイク「蟬」との比較文学的考察を含む言及が記憶にあるばかりだ。北川透『北村透谷　試論』全三巻（昭和四十九・五〜五十二・十二、冬樹社）にも言及はないようで、最近の言及にも接していない。

拙著『北村透谷研究　評伝』（一九九五・一、有精堂）で、橋詰氏の研究が「どういうわけかこの詩の特異な文体《フォーム》にはふれていないようだ」と書き、「全く新しいのは文体《フォーム》である」と言っているが、従来、言及がきわめて少ないのは、この特異な文体《フォーム》にあったのではないか。拙著では、この特異な文体《フォーム》にふれているのだが、まず、冒頭を示そう。

待ちやれ待ちやれ、その手は元へもどしやんせ。無残な事をなされまゐ。その手の指の先にても、これこの露にさはるなら、たちまち零ちて消えますぞへ。

「文學界」第十一号の初出によったが、岩波全集では、どういうわけか、「なされまゐ」を「なされまい」、「消えますぞへ」を「消えますぞえ」としている。一見してこの詩の特異な文体は明らかだが、待って下さい、待って下さい、その手を元にもどして下さい。無残な事をなさってはいけません。その手の指の先でも、この露にさわるなら、たちまち露は落ちて消えますよ。露のいのちが残酷な人の指先で、たちまち消えてしまうさまをうたっている。「白露をこぼさぬ萩のうねりかな」と芭蕉は、露のいのちが、萩のうねりの上に、微妙なゆるぎの上にあることを表現したが、口語訳、意訳してしまえば、この「露のいのち」の詩篇の微妙なもの、つまり命というものの微妙な、かけがえのないものが、それこそ消えてしまうのではないか。

「特異な文体」と言ってきたが、近世の女ことばによる表現であり、前掲書で述べたことを、もう一度手短かにくり返しておこう。「待ちやれ待ちやれ」の「やれ」は、尊敬の助動詞「やる」の命令形だが、「お待ちやれ」のように普通「お」をともなうので、「待ちやれ」ではそれほど高い尊敬ではない。近世歌謡集『松の葉』に「振りやれお振りやれ大鳥毛の振袖」という用例を見つけた。「その手は元へもどしやんせ」の「もどしやんせ」は、「さしやんす・しやんす」(尊敬の助動詞)の命令形で、近世、上方を中心に、主として遊里の女性が用いたとされる。歌舞伎十八番の『助六』に、吉原・三浦屋の遊女揚巻が助六と張り合う意休に対し、「サア、切らしやんせ、たとへ殺されても、助六さんの事は思ひきられぬ」とある。透谷が論じたこともある近松『五十年忌歌念仏』に、お夏の心中の詞で「賞翫して下さんせ」があるが、「下しやんせ」の変化とみるなら、「もどしやんせ」と同じである。「消えますぞへ」も『助六』で遊女の例がある。

今回、「文學界」の方を調べてみたが、第一号（明治二十六・一・三十一）掲載の島崎藤村『琵琶法師』で、弟子の清三郎が「ちとこゝへきて話さんせ」と言っている。清三郎は「女にもして見たいほど優柔《きやしや》な風」と琵琶法師一鴻の妻おとよに言われており、女ことばを用いているとみられる。なお、この劇詩には亡霊お露も出てくるが、透谷の劇詩『蓬莱曲』（明治二十四）に露姫が登場することは前掲橋詰氏も注意している。亡き露姫は仙女として出てくるのだが、露がはかないもの、亡きものの喩であることは言うまでもない。「眠れる蝶」の掲載されている第九号で、藤村『なりひさご』の下女お筆は、「のう〳〵うらめしやの利助さん、ようござんす、覚えて居さんせ」と語り、ヒロインのお歌は「露よりも〳〵はかなきものは女の身の上。よしつれあいになるとても、エヽ男はきらひ。うそつきぢや。実を結んだか結ばぬに、花の落ちないためしはない」と言っている。併載の藤村『悲曲茶のけむり』で巴川彦九郎の娘お美代が「父様やお顔を見せて下さんせ」と語りかけるところがあるが、要するに、透谷詩「露のいのち」第一連の近世女ことばによる表現は、それほど「特異な文体」でもなかったと言えるかも知れない。

『歌念仏』の方も読みなおしてみたが、それについては次に述べるとして、「双蝶のわかれ」まできて、透谷詩の読者研究者は、最後という「露のいのち」の近世女ことばの「特異さ」にたじろぎ、そして、さほどの評価も覚えぬままに、蝶の詩でとどまってしまったというところなのではないか。

それにしても透谷は、結果的には最後の詩となってしまった「露のいのち」を、なぜ、近世女ことばでうたいはじめたのか。蝶の詩とは断絶しているのか、それとも連続しているのかを問わねばならない。さきに言っておけば、透谷において、死をうたった詩として、蝶の詩三篇と「露のいのち」はまさしく連続しているのだ。そして、蝶の詩よりもさらに深く死をうたっているのだ。死にゆく透谷の最後の声を「露のいのち」に聞かなければならない。

残りの第四連までをあげておく。

吹けば散る、散るこそ花の生命とは悟つたやうな人の言ひごと。この露は何とせう。咲きもせず散りもせず。ゆうべむすんでけさは消る。

草の葉末に唯だひとよ。かりのふしどをたのみても。さて美《あま》い夢一つ、見るでもなし。野ざらしの風颯々と。吹きわたるなかに何がたのしくて。

結びし前はいかなりし。消えての後はいかならむ。ゆうべとけさのこの間《ひま》も。うれひの種となりしかや。待ちやれと言つたはあやまち。とく〳〵消してたまはれや。

「露のいのち」全文であるが、第一連にとくに目立つ女ことばの表現は、指の先で露にふれようとする男をとめようとする女、男女が露を見つめていると読む余地がないではないが、露を女に擬人化した、露の一人称としての語りと読むべきではないか。第二連の「この露は何とせう」、第四連、この詩のおわり、「とく〳〵消してたまはれや。」を見ても、女に擬人化した露のひとりがたりと見てよいだろう。

「散るこそ花の生命」とよく言うが、露は咲きもせず語りもせず、夕べに結んで今朝は消える。第三連は蝶の詩とつながるところがあろう。「破れし花も宿仮《か》れば、／運命《かみ》のそなへし床なるを。」「あしたには、／千よろづの花の露に厭き、／ゆうべには、／夢なき夢の数を経ぬ。／只だ此のまゝに『寂《じゃく》』として、／花もろともに滅《き》えばやな。」(「眠れる蝶」)——「美《あま》い夢一つ」見るでもない露。共に滅《き》える花もない。「双び飛びてもひえわたる、／秋のつるぎの怖ろしや。」(「双蝶のわかれ」)——「野ざらしの風颯々と。吹きわたるなかに何がたのしくて」。第四連では、夕べから今朝まで結んでいる間さえ、「うれひの種」となったではないか。「待ちやれ」と言ったのはあやまりで、「とく〳〵消してたまはれや。」——ここでは露は消えることしか思っていない。

　女としての露が、無残な男の手の指の先を受けとめて「たちまち零ちて消えますぞへ」に至りついてしまったのだ。この近世女ことばに托した構造ないし方法には、『歌念仏』のかげが落ちているのではないか。お夏の「なうこちの人こち向かんせと。袖口から手をいれて。ほとほと叩いて抱きしむる」ところ、透谷が「其情は初《はじめ》に肉情《センシユアル》に起りたるにせよ、後に至て立派なる情愛《アフエクシヨン》にうつり、果《はて》は極めて神聖なる恋愛《ラブ》に迄進みぬ」（「歌念仏を読みて」明治二十五・六「白表女學雑誌」）と書いたその初にあたるだろう。お夏と清十郎が蚊帳の中で忍ぶところを発見されて、「二人は五体に冷汗の露の命も消ゆるばかり」となるが、「露の命」がそのまま出て、それが消えるばかりであるのは、『歌念仏』の二人をそのまま象徴していると言えそうだ。処女性の問題も含むだろう。

　透谷詩「露のいのち」の文脈では、男の手の指の先にふれて露のいのちは消えたわけだが、『歌念仏』では清十郎は獄門前に自害、お夏は尼になる。「双蝶のわかれ」の透谷と富井松子論及に重ねた方が構造的には合いそうだが、「露のいのち」が世に出てちょうど一ヵ月後に、自殺未遂に至る透谷が、あえて近世女ことばの方法をとったところに、詩人透谷の一筋には行かぬ容量を見たいとも思うのである。（「びーぐる」九号、二〇一〇年十月）

語りえぬ心の深みより　詩集『塩飽』『浜辺のうた』評から

1

大学を終えるころ、ささやかなガリ版詩集を出した。大津二郎詩集『愛情』（一九五四・三）という。二十四篇を収録している。文芸部で詩の同人を作り、毎月のように詩集『列』を出し、詩を発表し、合評していた。一九五〇年（昭和二十五）に朝鮮戦争が勃発、警察予備隊（保安隊――自衛隊）が創設され、日本の再軍備がはじまった。再軍備反対闘争を契機として、学生自治会への参加、社研というよりは哲研（哲学研究会）に属し、マルクス文献を読みはじめていた。その中の何人かが文芸部に入り、『列』同人になっていた。私たちは『中野重治詩集』をもっとも愛読していた。

「なぜ、詩を書くのか」と問われたことはないが、詩らしいものが書きたくなったから、と答えるしかないのはだれでも同じだろう。だが、詩集『愛情』に収めた、大学入学前の十六歳のときに作った詩「丘」を、五十年後に改作して第二詩集『塩飽 *Shiwaku*』（二〇〇四・八、鳥影社）に並置したとき、意識していなかったことが起こった。帯文を書いていただいた北川透氏からの葉書に、「四七年の「丘」と改作された「丘」それぞれのよさが二つ並べられることでひきたっています。「生きて還った少年兵」の想いがつまっています」とあった。

初出「丘」（発表一九四七）は四連から成る。全文を掲げる。

うねうねとただひたむきに
はいのぼる小道。
ほのかな期待を
かろやかなわらじにのせて
くまざさをいたわりつつ
のぼりきし丘。

静かな澄んだやさしい海が

赤い灯台をそっと抱いて
私一人を待っていた。

遠い四国の山々には
みんな母のほゝえみ。
まばらなむじゃきな丘の小松たち。

私一人をのせて
落ちついている丘には
とおりすがりの白雲が
静かにほほえんでみていた。

十六歳の少年らしい素朴な感傷の詩であるが、この詩の着想は一九四五（昭和二十）のものだった。改作「丘」は二連から成る。全文を掲げる。

うねうねと小道がはいのぼる。
笹ゆりがひとつだけ咲いている。
わらじの感触は赤土と木の根に。

ほのかな期待は丘にたどりつく。

赤い羽節灯台は上りと下りの船を分ける。
石切り場の崖下でナメソの深い吐息がする。
塩飽の島々の向こうには四国の山なみ。
生きて還った少年兵がだれもいない丘に立っている。

木股知史氏は詩集『塩飽』の書評「屈折を貫く心」（二〇〇四・十「明治の森」二号）で、右の「丘」と改作「丘」に論及している。まず、詩集『塩飽』に多くを収めた詩集『愛情』にふれつつ、次のように述べているのは「なぜ、詩を書くか」の問いへの答えともなっている。

平岡氏が、埋もれていた処女詩集を再録する気持になったのは、近年になって、時に詩が心からあふれ出るようになったことが契機となっているというが、自己の生の歩みを確認しておきたいという動機も働いていると思われる。それは、私的なものだといえるが、詩集『塩飽』は、私的な動機を超える意味を持っている。それは、戦前から戦後への屈折した歩みを内省的に振り返ってみようという視線がもりこまれているところに見出すことができる。一九四七年に作られた「丘」という詩は、故郷にもどったときの心情をとらえているが、その純一さは筆者の心を打つ。

木股氏はこのように述べて「丘」全詩を引き、「くまざさをいためないように配慮しながら、海を見晴らす丘の道をたどる息づかいが伝わってくるようだ。ふるさとへの帰還をはたした静かな喜びが感じられる」として、「あとがき」にある十四歳から十五歳にかけての一年半の陸軍体験、所沢で対空射撃部隊の一員として米機に銃を向けたような体験にふれている。「丘」にはそのような体験はまったく表われておらず、何もなかったように幼い〈平和少年〉に〈扮装〉してしまっているとも「あとがき」にあるのを引き、改作「丘」の末尾「生きて還った少年兵がだれもいない丘に立っている。」をも引いて木股氏は、自らを帰還した少年兵ととらえた詩行を添えることによって、〈扮装〉によって隠された戦争の記憶が明確に示されることになったと書いている。木股氏の『塩飽』への書評をもう少し引用させていただく。

平岡氏は、「〈扮装〉してしまっている」というが、筆者は、もとの「丘」のほうに魅力を感じる。筆者には、ふるさと塩飽の海が「私一人を待っていた」という個に基点を置いた発想が好ましく感じられるのだ。おそらく、戦前を切断した新生としての戦後という意識が、オリジナルの「丘」には濃厚ににじみ出ていて、それが、戦後生まれの筆者の心に強く働きかけてくるのだと思う。この詩によって、筆者は、自分の中の戦後という意識が、戦前から切断されたものであることを教えられるのである。

北川透氏は、「丘」が二つ並べられることで、それぞれのよさがひきたっていると記し、「生きて還った少年兵の想い」がつまっていると評したが、木股氏はむろん北川氏の指摘をみることなく、右の論及を行なったわけで、「生きて還った少年兵」という表現によって、戦前と戦後をもう一度連続した時間の中でとらえ直そうとしていると言い、「屈折した体験の時間の流れが、五十年という時間の幅の中でたどりなおされるが、そのことがこの詩集に深さを与えているように感じられる」ともつけがえている。

北川・木股両氏の指摘によって、私は一九四五年夏、一年半ほど陸軍にいて、十五歳と六ヶ月で復員し、幼児のころからなじみの自宅の向かいの丘にひとり登ったときの感触、それが〝平和〟というものだったことを改めて深く意識することが出来たのである。

2

第三詩集『浜辺のうた』（二〇〇四・十二、思潮社）については、「『浜辺のうた』への手紙――最初の北川透氏・最後の杉野要吉氏より――」（二〇〇五・十二「稿本近代文学」第三十集）が、寄せられた数多い手紙のうち、最初と最後の二通に限った紹介とはいえ、「なぜ書くのか」という問題にもふれている。この詩集の「あとがき」にも書いたことだが、最初の論文を発表してから三十年近くになって刊行出来た『〈夕暮れ〉の文学史』（二〇〇四・十、おうふう）の完成原稿を出版社に渡した初夏の、「安堵、充足、空虚、寂寥」といった気持ちのなかで突然詩が湧いてきて、一週間ほどのあいだに、二十何篇かが出来てしまったのだった。北川透氏が『塩飽』の帯文で、「氏の故郷の塩飽の島々とは、詩湧くの源泉だった」と記し、『塩飽』の一年後の『浜辺のうた』についても、「本当に塩飽が衰えることのない詩湧くになり、びっくりしています。」と葉書にあった。

「現代詩年鑑 二〇〇六」（「現代詩手帖」〇五・十二）の「二〇〇五年この三十冊」に『浜辺のうた』が入り、山本哲也氏が「記憶の錬金術」と題する書評を寄せている。北川氏の『塩飽』の帯文にふれつつ、『浜辺のうた』もまた「そこで生まれ、幼少年期を過ごした「塩飽」という、土地の精霊を抜きにしては語れない」として、次のように述べている。

詩集は「浜辺のうた」「塩飽のうた」「歴史のうた」の三つのパートから成っているが、みごとなのは、五番目におかれた「浜辺のうたⅠ」までの序奏ぶり。イメージの連鎖と、外界と自分を融け合わせようとするのびやかな肯定感のうねりが、ことばを生動させる部分である。

ことばの生動！　これなくしては詩は生まれることは出来ないのだろう。山本氏は、「突然、詩が湧いて」くるきっかけとなったのは、おそらく幼少期に愛唱した歌、「浜辺の歌」であったろうと言い、そこにひとつのイメージがやってくるとして、序詞の「サーカスの子」、「子を喚《よ》ぶ母の声」、「浜辺言葉」とたどる。そして「記憶」という一篇に至り、「私」を見出す。

「……一本松はもうすぐだ。／根元をめざすが、とうとう出てきてしまった。／すべり出てゆく太さの快感。／ズボンにひっかかった固形物の感触。／健康な匂いが漂う。／どうしても家でしたかった一年坊主。……」思い出されることによって、成立する幼少年時代。記憶の錬金術とはそういうことだったのだ。平岡さんの「素《す》」をみた、と思った。

山本哲也氏の『浜辺のうた』書評の結びである。自身の詩集、詩を取り上げ、「なぜ、私は書くのか」をモチーフに、詩集（詩）を論ぜよ、と言われて、詩らしいものが書きたくなったから、と答えるしかないゆえに、私の詩集に与えられた他者の言葉の一部をもって、答えに代えようとした。

木股知史氏はさきの書評で、『塩飽』のなかのスターリン追悼詩と五十年後の「ある戦後史」との比較、そして、「人生」なる一篇にふれ、「詩人や戦争の犠牲者に限らず、言葉にすることができない心の深みは、ごく普通に生きるすべての人々に存在している。それは詩の根拠であると言ってもいいのかもしれない」とも述べている。語りえないが共有さるべき心の深み、「その深みによって、個を超えた歴史の邪悪さに対抗できるのかもしれない。」というのが木股氏の書評の結びである。

語りえない心の深み、そこから言葉が生動するには、私の場合、最初のガリ版詩集を出してから五十年の歳月が必要だったのである。

（「社会文学」二十四号、二〇〇六年六月）

新井豊美さんの言葉　尾道・瀬戸内・塩飽島《しわくじま》

新井豊美さんの詩人としての大きな業績については、私などが語ることはできないが、五十年も中断して詩集を出しはじめた詩壇の外の私に、新井さんはいつも暖い言葉をかけて下さった。今年（二〇一二）一月二十二日、朝刊に新井さん死去の記事を見たときの驚きは忘れられない。近くに住む日頃親しい詩人の井川博年さんに電話したら、その日の通夜にいっしょに行こうということになった。西国分寺の駅に着くと井川さんと同時だった。二人で新井さんのあまりにも早い死におどろきながら、東福寺に向かった。斎場に飾られた新井さんのお写真は、死のかげのない凜とした美しさであった。

新井さんが私などのものにつねに言葉を下さったのには、新井さんが尾道生まれということがあったと思う。四歳のころには東京に移り、赤穂、日向、岡山にも住んだと『新井豊美詩集』（現代詩文庫114、思潮社）にあるが、私は尾道以外は念頭になかったものの、瀬戸内海を通じて新井さんとつながっていると思うようになった。新井さんも尾道をつねになつかしがっていたようだ。私は瀬戸内のほぼ中央、瀬戸大橋近くに散在する塩飽諸島（広島）に生まれ育った。幼いころから対岸の多度津と尾道の間に定期航路があり、志賀直哉『清兵衛と瓢簞』にもこの航路が出てくる。多度津、その隣りの丸亀の沖に塩飽の島々が点在しており、この尾道・多度津航路が象徴するように、尾道生まれの新井さんと塩飽生まれの私はつながっている（私の父も尾道近くの生まれ）。そんなふうにずっと思って、新井さんの私への言葉をいつもいただいてきたのである。もちろん私のひとりよがりということもあるだろうが、少しずつ新井さんの言葉を、そのままというわけにはいかないが、部分的な引用を交えつつ、新井さんの記憶と共に私なりに書きとめておきたいと思う。

新井さんから最初にいただいた言葉は、最初の詩集『愛情』（一九五四）の多くを収めた詩集『塩飽』（二〇〇三、鳥影社）あてだった。〈塩飽本島がご郷里のよし、私もお近くの尾道の出身ですので、とてもなつかしく、嬉しく拝読させていただきました〉とまずある。塩飽本島でなく塩飽広島なのだが、本島が塩飽諸島の中心であり、江戸時代・自治制の天領として塩飽勤番所（現存）も置かれていたので、塩飽本島とまず思うのももっともかも知れない。ともあれ、右の新井さんの言葉は、尾道と塩飽島とを結びつけた最初のものであった。〈長い文学活動の中で、初心の詩をつねに保ちつづけられ、五十年を一冊にまとめられたお仕事に感銘をお受けしております〉というはげましの言葉は以後変わらず続いた。

「現代詩手帖」（二〇一二・三）の新井豊美追悼特集で、福間健二「弔辞」（詩形式）は新井さんのようなすばらしい人に励ましてもらい、何と恵まれたことだったでしょうとうたい、〈ぼくだけではありません。／新井さんが、多くの詩人たちの書くものを／しっかりと読み、／励ましの言葉をあたえつづけた。／そのこと、／だれもかなわない／清潔さとやさしさがあってこそ／できたことですね〉と続けている。そのとおりのことが、実質最初の詩集である『塩飽』にも与えられたことになる。〈清潔さとやさしさ〉——新井さんにまことにふさわしい美しい言葉である。さらにつけ加えておけば、この追悼特集で横木徳久氏が〈新井さんを見ていると、詩人や批評家としての資質以上に人間としての深さが大切であると思わずにはいられない。少女のような瑞々しい感性と母親のような寛容さを併せ持ち、そのうえに批評的な厳しさを兼ねそなえている人だった〉と書いている。横木さんは〈こんな知性と気品のある母親がいたらいいなという憧れを私は抱いていた〉とも加えている。話が進みすぎてしまったが、ここでは新井さんが私に与えられた言葉を具体的に紹介することであった。

次は『浜辺のうた』(二〇〇四、思潮社)に対しての便箋三枚に及ぶ手紙である。ご主人の入院など雑用に追われて半年がたち、〈夏が来て「浜辺のうた」の呼び声に、ようやく落ちついて拝読するよろこび〉とあって、その命名のとおり、〈浜辺からのうたは、懐しい瀬戸内海が眼に見えるように甦って参りました。海も、浜も、瀬戸内海ならではの、他のどこにもない味わいがあって、それは、その地に生まれた者でなくてはわからないものかも知れません〉とある。やはり瀬戸内海である。〈海も、浜も、〉の読点の打ち方にも瀬戸内に寄せる新井さんの思いは表れている。先日、「帆・ランプ・鷗」の詩人丸山薫の話をするために豊橋へ、さらに伊良湖岬まで行ったが、その絶景に感嘆したけれども、〈同じ海でありながら、瀬戸内海とは全く違う海だ〉という気がしたとある。私の書く〈海、浜辺、その島々の姿こそ、瀬戸内海そのものである〉と思ったともあり、瀬戸内に生まれた者同士のひいきぼめと他の人は思うかも知れない。ついで、新井さんは作品に及び、「子を喚ぶ母の声」「浜辺言葉」「浜辺のうた」「浜辺ありけり」「故郷の廃家」「山桃」(二篇)「秋吉台国際芸術村」などがとくに印象深く、〈中でも「山桃」は、文語のひびきの美しい、すばらしい御作と存じました〉という言葉を残して下さっている。

文語詩を書く人は今の詩人にはいないけれども、〈文語のひびきの美しさは、いずれ必ず再認識され、甦って来ると存じます。是非、是非、このような御作を今後も拝読させていただきたく〉とあるのには大いに励まされた。奇抜なメタファが多く、読解不能、感受不能の詩に溢れていると思い、五十年ぶりに詩を書き出していた私は、現詩壇の有力詩人のこの言葉は、今もむろん忘れ得ないものである。秋吉台には参加できなかったが、友人(福間健二さん)から私の講座のことを聞いた、いつか話を聞かせてほしいとまで書いて下さっている。福間さんが「弔辞」で新井さんが多くの詩人たちに励ましの言葉を与え続けているとうたっていることはさきに引いたが、時代遅れの私などもその多くの詩人たちの中に加えて下さったのだ。

新井豊美『シチリア幻想行』(二〇〇六、思潮社)のお礼状を出したところ、その返礼と私の詩集『明治』(二〇〇六、思潮社)のお礼状をいただいた。〈時代の出来事と塩飽の歴史とを重ね合わされた叙事的展開を大変興味深く拝読〉、〈塩飽の島々が、地中海文明の中心としての中世シチリアのような、重要な役割を果たしたことを知り、感銘〉というくだりは重要な言葉だと思う。さらに〈一つの詩作品としては「明治」の印象を美しい抒情としてうたわれた御作がことに印象深く〉という一節があり、これは序詩「明治」についてのありがたい言葉だ。〈「明治文人」の四文字熟語が、山村暮鳥を思わせて楽しく〉とあって、学識と遊び心のたまものと言って下さっているのは少々こそばゆい。〈「うらなり」は現代詩としても見事な御作、集中の最高傑作〉とほめていただいているのは、ほかならぬ新井さんの言葉であるだけに、孤軍フントウに近い「坊つちやん」擁護にとって、力強い援軍として忘れられない。佐藤泰正氏が『明治』を評して〈とりわけ「うらなり」と題した一篇などは、すぐれた「坊っちやん」論を草した著者ならではの魅力ある作品であろう〉(「現代詩手帖」二〇〇六、十一)と記しておられるのを思い出す。

ところで、詩集『夕暮』(二〇〇七、鳥影社)についてては新井さんの言葉がない。この詩集は思潮社にお願いしようとしていたのに、気後れしていつの間にか他社から出してしまったものだが、それは〈夕暮〉そのものから来ているところがある。『源氏物語』以来、近代の鷗外

『舞姫』なども含めて、〈夕暮〉には男女の出会いがあり、性愛のイメージも避けがたいが、ここでは池井昌樹さんの言葉――〈これまで頂戴したどの詩集よりもこの一巻が私は好きです。一気に読み了えてからも暫く、感動が去りませんでした。「もののあはれ」を超えたノッピキナラヌいのちそのものがまるで採れたての野生の果実のように転っている。新鮮で純で艶めかしい。大切に、致します〉を引かせていただく。この池井さんの言葉そのものが美しい詩である。

『蒼空』（二〇〇九、思潮社）には便箋四枚の言葉をいただいている。〈昨日は八月十五日で、この日をと思い定めて、御詩集を拝読〉〈丁度、TVでは戦没者の慰霊祭が中継されており……。御詩集Iの部の「蒼空」「そら」「蒼空・飛行機」と拝読してゆきながら、涙が止まらなくなりました。これらの御詩集は、私がこれまでに読んで来た戦争の詩の中でも、最も心に残る作品と存じます〉。実はこの新井さんの言葉を写している今日が、二〇一二年八月十五日である。

あの毅然たる美しさの新井さんにして、涙が止まらなくなったとは。相手の詩を思って下さる心がなければけっして生じない涙だろう。〈敗戦の年、私は十歳でしたので、殆んど何もわからず、ただ悲しかったのでした。眼の前には青い汚れのない瀬戸内海の海が広がり、「青が蒼になり／蒼が黒になり／黒が真赤になり／青タン蒼一色の海」とうたわれた「青タンの海」は、私の中にある、その日の瀬戸内海の海に通じているように思われます〉とある。〈瀬戸内海〉が二度くり返されているように、新井さんの敗戦、悲しみ、涙には、私の詩と同様、〈瀬戸内海〉が広がっていたのだ。

〈「空」という御詩の中、陸軍幼年学校入試の作文に少年が書いた「空ノヤウナ広イ心ノ持主ニナリタイ」という一行、この少年の心を、先生はずっと大切にされて来られたことが、御詩を拝読して、とてもよくわかりました〉ともある。新井さんに〈先生〉と言われると困ってしまうが、十五歳で敗戦を迎え、生涯教師だった私だからと甘受している。〈さらに、どの御作も詩として実に見事な作品揃いで、啄木、光太郎の見事な変奏、口語と文語の自然な響きあいの美しさを、すばらしく拝読〉と続く。この新井さんの言葉を記録しておきたいためにこの小文を書いているというほどだが、つけ足しがあって、『北村透谷　没後百年のメルクマール』（二〇〇九、おうふう）『北村透谷と国木田独歩』（同）への礼言と共に、〈十年ほど前、早稲田の文芸科で非常勤を三年ほどやっていました頃、学生の前で『楚囚之詩』の全文を読み上げたことがありました〉とある。新井さんの透谷最初の詩集全文朗読の情景が浮かび、透谷学徒としてはまことにうれしい。また「内部生命論」は「女性詩」を書くのに大変参考になったという言葉も、これからの新井豊美論には大事な視点になろう。この便箋四枚の手紙の結びは、〈まだ暫く暑い日が続きますでしょう。でもつくつく法師やひぐらしの声も聴かれるようになりました。どうぞお躰を大切にお過しになられますように。かしこ　八月十六日〉である。この稿書き継いで今日がその八月十六日。何の奇もない手紙の結びと思われるだろうが、二年前のこの八月十六日、新井さんは生きていて、八十歳の私を気づかって下さっていたと思えば、まだ聞えてこないつくつく法師やひぐらしの幻聴の中で、新井さんをなつかしむ感傷をかくすことはできないのである。

『蒼空』については、杉山平一氏からお葉書をいただいている。〈御詩集『蒼空』をお送り下さいましてありがとうございました。多く愚痴になりがちの戦記ものでありながら／題名「蒼空」のごとく、さわやかで啄木のヒコーキもうれしく／小生もむかし一年軍務に服しましたので／一人一人がなつかしく／さわやかで／うれしく／御礼までに〉が全文であるが、九十七歳で五月に死去された杉山さんの言葉は新井さんの言葉と重なってくる。杉山氏と並んで平林敏彦氏の葉書が貼ってあり、〈見よ、今日も、かの「蒼空」に、私の敗戦の日は二十一歳の下級兵士でした。同世代はもはや大半鬼籍の人になりましたが、今は風化しきれない戦争の影を詩の中にとどめたいと願うばかりです。「蒼空」と名付けた御詩集、ありがたく拝読させていただきました〉とある。さきごろ平林氏を囲むにぎやかな会が報ぜられたばかりだが、敗戦の日、十歳だった新井さん、二十一歳だった平林さん、十五歳だった私。〈戦争〉〈敗戦〉〈蒼空〉、それらが重なってきて、いただいた言葉と共に、かなしく、なつかしく、よみがえってくる。
二〇一二年の年賀状には〈私こと、一昨年から体調を崩し入退院をくりかえしていましたが、今後しばらく左記住所で療養することとなりました〉と印刷され、横浜市青葉区の住所が記されていたが、一昨年からとは二〇一〇年ごろ、その前年の夏に、新井さんは『蒼空』への言葉を書きつけて下さったのだ。右の年賀状からわずか三週間後の二〇一二年一月二十二日に新井さん逝去の記事に接する。
「東京新聞」夕刊（二〇一二・一・二十六）の「大波小波」欄は「ある女性詩人の死」を掲げた。〈詩人の新井豊美の訃報を知ったのは氷雨の朝だった。知的な詩を書き、とりわけ女性詩に関する論評には定評があった〉と書き出し、「現代詩手帖」二〇一一年十二月号に〈故郷尾道に近い瀬戸内海を描いた「島々」という詩が収録されているのを見ると、最後まで彼女の中から「島」のモチーフは消えなかったのだろう。この詩には霊魂がざわめいている。死の予感があったのか。硬質な評論を書ける希有な女性詩人がまた去った。〉と結んでいる。この詩の題は「島々　わが瀬戸内海」である。最後まで新井さんの中から〈瀬戸内海〉〈「島」のモチーフ〉は消えていなかった。
よこたわった雲は島の上空にすんなりと足を伸ばした豊かな腰をもうひとつの遠い島の頂きが支えるゆるやかな三角形が完璧な晴天を保証している
暗く感じられるほどの青
曖昧さのない透徹した深度（以下略）

尾道・瀬戸内・塩飽島とつながる新井さんの数々の言葉は、私にとって忘れることの出来ないもの、と繰り返すしかない。

（「稿本近代文学」第三十七集、二〇一二年十二月）

日本近代文学の研究者で知られる平岡敏夫さんが、六冊目の詩集『蒼空《あおぞら》』（思潮社）を出版し、共感をよんでいます。北村透谷など明治以降の文学研究と詩作を結び、通底する思いは何かを、東京都内の自宅を訪ね、ききました。

七十九歳になる平岡さんは、『蒼空』の略歴に、あえて「大津陸軍少年飛行兵学校卒業」と書き入れました。十四歳で陸軍に入り、敗戦まで一年半ほど軍隊生活を体験しました。

「少年飛行兵の私は、所沢飛行場で、毎日、空襲を受け、死のすれすれにいた。粗末な防空ごうにひそみ、格納庫の解体作業の見習士官や高射砲の機関銃兵らが血を流して死んだのを見ました」

「飛行機」の少年飛行兵に換えて

「見よ、今日も、かの蒼空に／飛行機の高く飛べるを。／給仕づとめの少年が……」

石川啄木の詩集『呼子と口笛』に収められた「飛行機」の冒頭の一節。大逆事件で幸徳秋水らが死刑を執行された明治四十四年（一九一一年）に書かれました。平岡さんは、この詩にある「給仕づとめの少年」を「特攻隊員の少年」に置き換えて、「見よ今日もかの蒼空に」など一連の詩にしました。

「これはパロディではなく、悲惨な明治の社会構造の現実が、特攻作戦という昭和の戦中の現実に極まっていたからです」

啄木が「結核と貧乏」の悲惨な生活のなかで、「飛行機」など希望を与える作品を書き、日記や書簡を残したことに「深く温かく息づく心、思わずこみあげてくる熱いものを禁じえない」という平岡さん。啄木研究者ならではの感情が流れているのです。

先輩たちを思い記録として残す

一方、詩人・高村光太郎についての厳しい目です。戦時中の昭和十八年、六十歳の光太郎が、情熱を込めて「ぼくも飛ぶ」「少年飛行兵」の詩を書き、純粋な少年たちに、「少年飛行兵」の志願を煽ったことを忘れません。敗戦のとき、うちひしがれて岩手の疎開先の小屋にいて、戦争協力したことに自己批判した連詩（「暗愚小伝」）を書いた光太郎ですが……。

「『蒼空』は、当の少年飛行兵からの光太郎への稀有な応答です。十四歳の少年飛行兵を思い出しましたか、といいたかった」

あなたの詩に応えて、「お父さん、お母さん、今年こそ／ぼくを少年飛行兵にしてください。」といい、そして、「南海の蒼空を、少年たちは火達磨になって突っ込んで行った」（「ぼくも飛ぶ」）

「啄木、光太郎の詩を変奏しつつ、私の戦争体験の記憶をつづった。戦後六十年余、軍隊時代の仲間が世を去り、ましてや戦後を見ずしていくさで散った数多くの少年飛行兵の先輩たちを思い起こし、記録として残したかった。いわゆる戦記物、回想ではなく、ある意味では、反戦・鎮魂の詩集といえるかもしれません」

文学研究と詩作、地下水脈は同じ

戦後、東京教育大学大学院に進み、日本近代文学を専攻。明治時代の新聞を一枚一枚めくるところから始め、「実証的な研究」を信条にしてきたといいます。北村透谷はじめ国木田独歩、夏目漱石、芥川龍之介、啄木、森鷗外などを論じた著書も多数。一作家の生涯の中だけではなく、同時代の作品群と共に作品を論じてきました。昨今の「蛸壺的、縮小再生産的」な日本近代文学の研究状況に活を入れたものと研究者の中では、受けとめられています。

「明治の文学者が、維新の佐幕派、敗者の側の子弟から輩出したこともあって、立身出世の夢を断たれ、権力に抵抗する思想や感情をもって生き、作品を作り出しました」

これをどう受け継ぐかが、今日の文学上の大きな課題です。平岡さん自身が、近代化に取り残された瀬戸内海の天領塩飽《しわく》諸島で育ち、佐幕派の心情が分かるようになってきたと、詩集でも表現しています。

「そんな生育や少年飛行兵の生き残りとしての思いがありますから、文学研究書と詩集を出しました。文学研究と詩作の地下水脈は同じです」

（聞き手・澤田勝雄）

（「赤旗」二〇〇九年十一月三十日）

作品論・詩人論

一巻を貫く〈明治〉の詩魂

佐藤泰正

題して『明治』という、この命名自体がすべてを語る。ここには独自の歴史感覚と、作詩に当っては無用な技法や修飾を排して一気に語る、直叙体ともいうべき簡潔な文体がみごとに生きる。平岡氏はひとも知る文学史家としての泰斗だが、その〈明治〉という時代に賭ける想いは格別深い。私の好きな一篇に次のようなものがある。

〈たとえば／日照雨《そばえ》のように／妙にあかるくて／雨が降る。／／たとえば／油蟬のように／木肌で声を煎《い》って／ふと宙に舞う。／／たとえば／夕暮れの野分《のわき》のように／暗く烈しくて／灯がともる。／／たとえば／寒雷のように／高く轟きわたって／春が遠い。〉

著者はこれを名付けて『明治』という。説明は要るまい。これがその胸にしみ込む〈明治〉という時代の深く、熱い感触だ。著者はこの感触を熱くにぎりしめる。こうして、その手をひらけば、巻中四十篇の自在な詩篇の数々になる。

これらの詩は「いずれも大きな歴史と私史との交錯、いわば大文字の歴史と小文字の歴史とのクロスするところでうたっている」とは「あとがき」の言葉だが、冒頭〈浜辺の墓原の父と母〉（「浜辺の墓」）の一行に始まるこの詩集のすべてを彩るものは、この〈大文字〉と〈小文字〉のみごとな交錯であり、続く「伊勢の浜辺」と題した詩の終末にしるされた詩句もまた、その何たるかを語るものであろう。

〈「我等は陸軍特別攻撃隊生徒なり」（反省日誌）／敗戦を迎えた岩手山麓には浜辺はなかった。／還ってきた少年兵のみつめた六十年前の塩飽の浜辺〉。この故郷〈塩飽の浜辺〉をみつめる少年兵の眼は、「少年鼓手浜田謹吾」と題して、戊辰《ぼしん》の役に散った少年兵を唱った詩篇の終末、〈昭和二十年八月十五日の東北盛岡。／君と同じ十五歳の少年兵だった私。／「君がみために」咲いて散るはずだった。／私は生きて母の待つ四国の塩飽へ還った。〉という詩句にもつながるものだが、この故郷塩飽への想いはすでに先に詩集二巻（『塩飽』『浜辺のうた』）

にくり返し唱われた所であり、十五歳の少年として敗戦を迎えたその消しがたい体験の深さは、この詩集一巻のすべてをつらぬくものであろう。

〈時を選ばず、／場所を選ばず、／浮上してくる過去。〉

〈おのれ自身も摑めない消えぬ過去。〉「消えぬ過去」とは、作家ならぬ文学史家として、その胸中に秘めた澱《おり》のごときものの発露としての、これらの詩篇の出自を語るものでもあろう。最後に文学史家としての眼にふれれば〈明治文学は佐幕派のうた。〉〈敗者の魂がにじむ佐幕派のうた、明治文学。〉（「佐幕派のうた」）という著者の透谷や漱石などに注がれる眼は熱い。とりわけ「うらなり」と題した一篇などは、すぐれた「坊っちゃん」論を草した著者ならではの魅力ある作品であろう。ここでも〈生まれも育ちも幕府直轄・自治の塩飽島《しわくじま》〉（「瘦我慢の説」）と言い切る著者の面目は躍如たるものがあろう。

なお語るべき所は多いが、もはや紙数も尽きた。ともあれ、近代を学ぶ同学のひとりとして、この新たな詩集一巻の上梓に心からの拍手を送るものである。

（「現代詩手帖」二〇〇六年十一月号）

記憶の錬金術

山本哲也

あの平岡さん、なんですか。わたしが手にしていた詩集の著者名をみて、いくども ただしてくる。かれは芥川龍之介の作品論をいくつも書いている九大教授のM氏。だから、あの平岡さん、とは当然、芥川や透谷などの近代文学研究者としての平岡敏夫を指している。そうなのだ。だからといってこれを研究者の余技として評するのは礼を失することになろう。研究者平岡敏夫の「素《す》」、光源として、わたしはこの詩集を読んだ。二年前に出た前詩集『塩飽 *Shiwaku*』の帯文で、北川透さんは書いている。研究者としての「平岡さんの情熱は、詩を夢見る力に支えられていた。氏の故郷の塩飽の島々とは、詩湧くの源泉だった」のだ、と。

この詩集もまた、そこで生まれ、幼少年期を過ごした「塩飽」という、土地の精霊を抜きにしては語れない。あとがきによれば、数年来とりくんできた論文を脱稿したあとの「安堵、充足、空虚、寂寥」のなかで、「突然、詩が湧いてきて、一週間ほどのあいだに、二十何篇かが出来てしまった」のだという。

　詩集は「浜辺のうた」「塩飽のうた」「歴史のうた」の三つのパートから成っているが、みごとなのは、五番目におかれた「浜辺のうた I」までの序奏ぶり。イメージの連鎖と、外界と自分を融け合わせようとするのびやかな肯定感のうねりが、ことばを生動させる部分である。「突然、詩が湧いて」くるきっかけとなったのは、おそらく幼少期に愛唱した歌、「浜辺の歌」であったろう。そこにひとつのイメージがやってくる。もじゃもじゃ頭に小鳥が巣を作っている「小鳥老人」が、夕べの浜辺をむこうに歩いていく。その姿を眼で追っている少年と少女。サーカスに連れ去られた幼児・少年の記憶。夕暮れの浜辺の遠くにいる彼ら。いや、幼少年期の作者もまた遠景に潜んでいるのだが、「私」はまだ見出されてはいない。二番目の詩「子を喚《よ》ぶ母の声」の、夕暮れの浜辺にひびく「としおおお」という母の声は、あきらかに、最初の詩の、サーカスに連れ去られた幼児のイメージからひきずり出されてきたものであろう。三番目の詩「浜辺言葉」は、「浜辺《はまべ》。／海辺《うみべ》。／水際《みずぎわ》。／海際《うみぎわ》。／浜方《はまかた》。／浜面《はまおもて》。」といった言葉を一連に六つ、五連にわけて三十語並べただけの詩だが、日本語の音に敏感でなければこうはいくまい。

　そして「記憶」という次の一篇にきて、「私」が見出される。「……一本松はもうすぐだ。／根元をめざすが、とうとう出てきてしまった。／すべり出てゆく太さの快感。／ズボンにひっかかった固形物の感触。／健康な匂いが漂う。／どうしても家でしたかった一年坊主。……」思い出されることによって、成立する幼少年時代。記憶の錬金術とはそういうことだったのだ。平岡さんの「素《す》」をみた、と思った。

（「現代詩手帖」二〇〇五年十二月号）

革命的明治文学史観

井川博年

来年のNHKテレビの大河ドラマは、戊辰戦争の会津が舞台。薩摩・長州・土佐の「官軍」に負け、「賊軍」となった会津藩の士族の娘、新島八重が辿る波瀾《はらん》の人生が描かれるようだが、平岡敏夫の近著『佐幕派の文学史』にも、それとそっくりの例が出てくる。

会津藩士柴四郎は、鳥羽伏見戦争に十六歳で参加。会津戦争では、祖母、母、兄嫁、姉妹の五人が自刃。降伏後は東京に拘禁され、記者となり西南戦争に従軍、戦後アメリカに留学。帰国した明治十八年、東海散士の名で初の政治小説『佳人之奇遇』を出版した。アメリカ独立戦争の記念館で、日本の浪人が、会津落城の悲劇を、スペインの活動家・幽蘭《ゆうらん》に語るところなど、臨場感に溢れている。

この小説は、幸田露伴や正岡子規などの世代に熱烈に迎えられたが、彼らのほとんどが、一方的に「賊軍」として裁かれ、学問以外の出世の道を経たれた、佐幕派の藩の子弟、もしくは幕臣の子であったからこそ当然であった。薩長藩閥政府への恨みは深かった。

明治文学は〈敗者〉の文学であった。そういわれると、目の前の霧が晴れたように、すべてが明らかになる。坪内逍遙、北村透谷、尾崎紅葉、樋口一葉、国木田独歩、先に挙げた露伴も子規も、皆んな佐幕派なのだ。漱石は違うといわれそうだが、漱石こそ、歴とした佐幕派の一員であり、書いたものがそれを証明している、と本書は語っている。「坊っちゃん」は、佐幕派小説である、と。

平岡さんは、この革命的ともいえる明治文学史観を、何処から得られたのか。最初は木村毅が雑誌に書いた、「明治文学は皆、幕府方の産物だ」との話にヒントを得、更に明治の代表的宗教思想家・山路愛山の、「総ての精神的革命は時代の陰影より出づ」という言葉に深い共感を抱き、そこから明治文学全体を見渡すことにした。そうすると今まで分からなかった、生きた風景が見えてきた。

一方で、明治文学には士族の文学という性格がある。

軟弱に見える紅葉や二葉亭四迷の小説も、政治への反抗、抗議という点で筋が通っている。自由民権運動もしかり。川上眉山のカミソリ自殺などにしても、初期の文士にはサムライの血が色濃い。そのことを本書では福沢諭吉の「瘦我慢《やせがまん》の説」で明らかにしている。

本書で私がいちばん感動したのは、北村透谷「客居偶録」の「乞食」という一文である。明治二十六年。透谷二十四歳の作。

——夕暮れの村に、粗末な木車に六十ばかりの老人を載せた、五十余りの年とった乞食がやってきた。小鼓を打ってお題目を称える老人。よく見ると、着ているものはボロ着だが、紋は三紋。脚には銃創の跡。目も見えない様だ。しかし誇り高い様子から察するに、老人は元会津藩士。曳いているのは従僕であろうか。私はその主従を呼んで、路傍の店に招き、飯と肴を与える。しかし、話も多く進まない。そして、「われ先ず去る、去る時語なく、無限の情あり」。

平岡さんの新しい文学史の構想は、この小文から成ったのだ、と思いたい。「いまなお読み返すたびに胸迫る」との告白もある。戊辰戦争の二十六年後に書かれた「乞食」の光景は、昭和十九年四月、大津陸軍少年飛行兵学校に入学し、敗戦をわずか十五歳の学徒として盛岡で迎えた平岡少年が、戦後の日本に見た現実の光景ではなかったか。この戦後体験あればこそ、敗者の側に立てたのである。明治の小説は『佳人之奇遇』に限らない。まだまだ面白いものが沢山ありそうだ。

会津戦争といえば、柴五郎（四郎の弟）は、今時大戦の敗戦の際、八十五歳で予備役の陸軍大将であったが、責任を感じて切腹して果てたという。会津にはこういう人がいたのである。

（「週刊読書人」二〇一二年十一月三十日号）

『月の海』　邂逅と再会と

陶原 葵

その昔、自国の文学をカタカナにまみれず学べた幸せな時代、「国文学」の先生には鷹揚な中にもあたりを払うような威厳があった。平岡敏夫氏の穏やかなお人柄に惹かれ、その健脚にお伴した新宿ゴールデン街で、いつのまにか氏は隣あわせた外国人とドイツ語で話し始め、眼を見張ったものだった。『月の海』中、『旅人かへらず』の詩人と大学の廊下ですれ違ったというエピソードもこの頃のものかもしれない。英語による近代文学講義も世界各国に及んだと伺っている。その博識はいわずもがな、氏を少しでも知る人は、なにより微細にわたる超人的な記憶力に驚かずにはいられないだろう。

覚えている、忘れない、ということは、傷みを癒えぬままに抱え続けることでもある。氏の記憶は、遠くは白いマフラーと機影の去った蒼空、少年兵にビンタしようと曹長が両刃の鋸を振り上げた敗戦時の岩手から、近くは勿来の関を越えた原発、竹、竹、竹の繁茂する廃家、もと船医の話を聞きながらバリウムを飲んだ廃医院への哀傷を含みつつ、やがてC（anser）やG（an）のメスを待つ時に及ぶ。これらが氏の筆に上るようになったのが実はそれほど古いことではないのも、今ではよく知られているだろう。詩集『塩飽』（二〇〇三）は「何も言えない。／だれにも話せない。／死んでも語れない。」「近代日本の表現されていない人生。」（「人生」）で閉じられている。透谷を借りれば「心に宮あり、宮の奥に他の秘宮あり、…各人之に鑰して容易に人を近づかしめず」とも言えるその噤みが、次々と湧き上がる詩に放たれたのは、氏が古希を過ぎた後のことである。詩とはやはり、簡単に語れぬことを託す、おそらく唯一のものなのだ。これまで氏は「夕暮れ」「佐幕派」から近代文学史を捉え、またほんの一例だが「轢死」のエピソードに複数の明治文学の横断面を見つけるなど、平岡スタイルとも呼びたくなる独自の視点で、専門や国境をも問わず、多くの読者を惹きつけてきた。新詩集『月の海』はそれらすべてが凝縮された、不易の詩心に満ちている。

月の海
黒く輝く広い海
桃の花に乗った女の子が
両手で小枝の両側をしっかり握り、
唇を小さく噛んで、静かな海を流れて行きました。

それにしても「……ました」で語られる月光は、どうしてこんなにも哀しいのだろう。「月の沙漠」をゆく王子様とお姫様をも彷彿とさせる透明な不安。なんとここではその後に、いたいけな手に同じように枝葉を握った子供たちが続くのである。

あの町、この町、流されて、日が暮れて、
あの子供、この子供、流されて、日が暮れて、

ここにあるのは平成、石巻の海だろう。大川小学校の悲劇が〈犠牲になった無垢〉という平岡詩のモチーフを呼び起こしたことは疑いようがない。せめても静かな大正の童謡に送られて、魂の揺蕩う昏い界面から「消えぬ過去」への遥かな遡上が始まる。そこに現れる今は亡き人々——親兄弟、研究者仲間、進学を勧めてくれた亀井大尉、そして国定忠治、寅さんも。「今日も涙の陽が落ちる、陽が落ちる」「何しろ、上州には海ってものがねえんだからねえ」。——「月の海」は「帰りゃんせ、帰りゃんせ、」と言っても叶わぬ哀しい潮だが、魂は、覚えている、忘れない人がこの世にいる限り生き続ける。

あちこちの大学町へ、ロードムービーのような「関八州の旅」の肉声は圧巻である。「二時間半はかかったね。」「にちげえ、にちげえにちげえねえ。」——にこにこと、しかし学生にもいつも敬体で接してこられた氏のユーモラスなべらんめえ口調にも、詩集の中でならば会えるのだ。漱石、鷗外、啄木——氏が生涯、沈潜してきた近代文学の人々も行き交う、詩の海。その静かな水面は、蒼空に去ったままの少年兵を迎える滑走路でもあるのだろう。岸に佇む詩人の眼差しは、いのちへのなつかしさを湛え、その「生のヒストリー」の、えも言われぬ豊穣を語っている。

（「現代詩手帖」二〇一五年一月号）

主要著作一覧

詩集

『大津二郎詩集　愛情』（一九五四、私家）
『塩飽 *Shiwaku*』（二〇〇三、鳥影社）
『浜辺のうた』（二〇〇四、思潮社）
『明治』（二〇〇六、思潮社）
『夕暮』（二〇〇七、鳥影社）
『蒼空』（二〇〇九、思潮社）
『月の海』（二〇一四、思潮社）

評論集

『北村透谷研究』全五巻（一九六七—一九九五、有精堂出版）
『日本近代文学史研究』（一九六九、有精堂出版）
『日本近代文学の出発』（一九七三、紀伊國屋書店）
『漱石序説』（一九七六、塙書房）
『明治文学史の周辺』（一九七六、有精堂出版）
『芥川龍之介——抒情の美学』（一九八二、大修館書店）
『北京の春』（一九八三、私家）
『短篇作家　国木田独歩』（一九八三、新典社）
『日露戦後文学の研究』上下（一九八五、有精堂出版）
『漱石研究』（一九八七、有精堂出版）
『「舞姫」への遠い旅——ヨーロッパ・アメリカ・中国文学紀行』（一九九〇、大修館書店）
『昭和文学史の残像』全二巻（一九九〇、有精堂出版）
『塩飽の船影——明治大正文学藻塩草』（一九九一、有精堂出版）
『「坊っちゃん」の世界』（一九九二、塙書房）
『日本近代文学の出発』（一九九二、塙書房）
『芥川龍之介と現代』（一九九五、大修館書店）
『石川啄木の手紙』（一九九六、大修館書店、第十二回岩手日報文学賞啄木賞）
『石川啄木論』（一九九八、おうふう）
『ある文学史家の戦中と戦後——戦後文学・隅田川・上州』（一九九九、日本図書センター）

『北村透谷と国木田独歩——短い生命の輝き』（一九九九、日本放送出版協会）
『漱石——ある佐幕派子女の物語』（二〇〇〇、おうふう）
『森鷗外——不遇への共感』（二〇〇〇、おうふう）
『もうひとりの芥川龍之介』（二〇〇六、おうふう）
『〈夕暮れ〉の文学史』（二〇〇四、おうふう）
『夕暮れの文学』（二〇〇八、おうふう）
『北村透谷　没後百年のメルクマール』（二〇〇九、おうふう）
『北村透谷と国木田独歩』（二〇〇九、おうふう）
『文学史家の夢』（二〇一〇、おうふう）
『佐幕派の文学史——福沢諭吉から夏目漱石まで』（二〇一二、おうふう）
『佐幕派の文学——「漱石の気骨」から詩篇まで』（二〇一三、おうふう）

共著・編著

『近代日本思想史の基礎知識——維新前夜から敗戦まで』（橋川文三、鹿野政直共編、一九七一、有斐閣）
『講座夏目漱石』全五巻（江藤淳、平川祐弘、三好行雄共編、一九八一—一九八二、有斐閣）
『日本文学史概説　近代編』（東郷克美共編、一九七九、有精堂出版）
『明治大正　文学史集成』全十二巻、編纂・解説（一九八二、日本図書センター）
『夏目漱石』全三巻（日本文学研究大成・日本文学研究大成刊行会監修、一九八九—一九九一、国書刊行会）
『漱石日記』（一九九〇年、岩波書店）
『夏目漱石研究資料集成』全十巻、編纂・解説（一九九一、日本図書センター）
『島崎藤村——文明批評と詩と小説と』（剣持武彦共著、一九九六、双文社出版）
『講座森鷗外』全三巻（平川祐弘、竹盛天雄共編、一九九七、新曜社）
『透谷と現代』（桶谷秀昭、佐藤泰正共編、一九九八、翰林書房）
『夏目漱石事典』（山形和美、影山恒男共編、二〇〇〇、勉誠出版）

現代詩文庫 216 平岡敏夫詩集

発行日 ・ 二〇一五年八月二十日

著　者 ・ 平岡敏夫

発行者 ・ 小田啓之

発行所 ・ 株式会社思潮社

〒162-0842 東京都新宿区市谷砂土原町三―十五
電話〇三（三二六七）八一五三（営業）八一四一（編集）八一四二（ＦＡＸ）

印刷所 ・ 三報社印刷株式会社

製本所 ・ 三報社印刷株式会社

用　紙 ・ 王子エフテックス株式会社

ISBN978-4-7837-0994-7 C0392

現代詩文庫 新刊

201 蜂飼耳詩集
202 岸田将幸詩集
203 中尾太一詩集
204 日和聡子詩集
205 田原詩集
206 三角みづ紀詩集
207 尾花仙朔詩集
208 田中佐知詩集
209 続続・高橋睦郎詩集
210 続続・新川和江詩集
211 続・岩田宏詩集

212 江代充詩集
213 貞久秀紀詩集
214 中上哲夫詩集
215 三井葉子詩集
216 平岡敏夫詩集
217 森崎和江詩集
218 境節詩集
219 田中郁子詩集
220 鈴木ユリイカ詩集
221 國峰照子詩集